——上山不识兔子王，套到野猪

U0618156

山的兔子下山的猪

伯龙 王立志 著

当代世界出版社
THE CONTEMPORARY WORLD PRESS

图书在版编目（CIP）数据

上山的兔子，下山的猪 / 伯龙，王立志著. —北京：当代世界出版社，2016.8

ISBN 978-7-5090-1127-0

Ⅰ.①上… Ⅱ.①伯…②王… Ⅲ.①故事—作品集—中国—当代 Ⅳ.① I247.8

中国版本图书馆 CIP 数据核字 (2016) 第 174352 号

书　　名：上山的兔子，下山的猪
出版发行：当代世界出版社
地　　址：北京市复兴路 4 号 (100860)
网　　址：http://www.worldpress.com.cn
编务电话：(010) 83908456
发行电话：(010) 83908409
　　　　　(010) 83908377
　　　　　(010) 83908455
　　　　　(010) 83908423（邮购）
　　　　　(010) 83908410（传真）
经　　销：全国新华书店
印　　刷：三河市南阳印刷有限公司
开　　本：880 毫米 ×1230 毫米　1/32
印　　张：7.25
字　　数：170 千字
版　　次：2016 年 11 月第 1 版
印　　次：2016 年 11 月第 1 次
书　　号：ISBN 978-7-5090-1127-0
定　　价：38.00 元

目 录

一　老歪打野猪

　　说起老歪，我得先说说老歪其人。听老人们说老歪是因为脖子上的大筋断了，所以他的脑袋瓜子总是枕在右肩膀上。他的腿脚也不怎么好，略微有些瘸。你想啊！咱正常人的视野都是平行的，而老歪他的视野与我们完全不同，是倾斜着的。可能是因为他身有缺陷，这导致他为人处世的方式也不同常人。一来二去，"老歪"这个绰号倒是成了他的大名，他真正的姓名反而逐渐没有人叫了。

　　过去住在农村的人都知道，到了冬天天寒地冻的时候是不愁吃肉的，因为落雪后可以到山上套兔子套野鸡解解馋。当然，过年的时候不能简单地弄野鸡野兔来凑合，到那时候大人们一定会去围猎。打点野猪、狍子、獐子啥的，他们偶尔还能打到黑瞎子。围猎是项带有全村健身性质的娱乐活动，一般都是村里挑选出比较优秀的棒小伙子，跟着几个经验丰富的老猎头来完成。

　　围猎既然是村里组织的集体活动，打到猎物后当然要家家户户分点肉吃。本着多劳多得、少劳少得的原则，每年出力多的人家分的就多，像老歪这样的自然也就分不到多少了。老歪一直对分肉少的事耿耿于怀，他哪里肯甘心呢？为了想多分些肉，这一年他死皮赖脸地跟着去围猎。可他腿瘸头歪的怎能跑得快？这要是打个狍子啥的还不打紧，要是遇到黑瞎子什么的大家伙还不得把命搭上！关键是他打猎用的家伙是老式土炮，就是放枪前先往枪口里倒火药，然后用通条夯实，再往里放枪沙。这道程序下来手快的要三五分钟才能打一枪，而老歪他十几分钟也不见得能把枪搂响。就他这身手还要跟着去围猎，他这不是为了点肉去捣乱吗？

要说老猎头也是坏，小声通知大家把老歪带上，让大家走到山根时一起开跑甩下他就完事了。这样啥事都不耽误，还省得他叽叽歪歪让人闹心。

也该老歪走了狗屎运，大家刚上到山根就遇到头七八十斤的小野猪。按常理讲，围猎队伍是不会搭理这样的小玩意的，但是今天带了老歪这家伙。老猎头想，何不把这头小野猪撂倒让老歪拖回去，也算对他有了个交代。他抬手就是一枪，老猎头的枪法是极好的，但偶尔也有失误的时候。这一枪并没有打中野猪的要害，而是打在了野猪的后腿上。野猪号叫着，拖着一条断腿窜进了村民冬天烧煤挖出的黄泥场。这黄泥场是一个圆形的大坑，进出只有一个路口，坑的四周是足有七八米高的黄泥墙。断了腿的野猪进了这里，等于是自寻死路。

老猎头看看老歪，指了指坑里的野猪说："老歪你看到没，这百八十斤的肉可就是你的了啊！你自己拿土炮过去轰死它，然后拖回家去吧！"说完，他领着其他的人继续向山上走去。

这可把老歪美坏啦！他看着野猪心想，终于可以亲自打回猎了，老土炮今天也要开荤啦！啥也不说了，就是美！

老歪美滋滋地把火药、枪沙、软纸等用品摆在了黄泥场的道口，便坐在道崖子上掏出旱烟点上，准备先抽上一袋。他心想，不用着急，我守住唯一的出口，看野猪它往哪里跑！再说路上总有拖柴火的路过，也能显摆下，让他们看看什么叫泰然自若。正巧一个拖柴火的路过，他和老歪打着招呼："老歪，打猎呢！"老歪用手一指黄泥场，话都不带多说一声的，神气得不像个样子。拖柴火的一看老歪这阵势，赶忙又说："老歪你先忙着，回头给柴火送到家，我套牛车回来帮你拉猪。"说完就拖着柴火走了。

老歪这烟抽完了，也显摆够了，想想还是开工干活吧，一会儿人家还要套牛车来帮拉猪呢。他装上火药，堵上软纸，杀气腾腾地提着枪奔向了瘸腿猪。在十余米开外的地方端起枪，照着野猪就轰了一土炮。老歪打枪可是绝对有自己的特色——他脑袋是枕在右肩膀上的，用右眼根本无法瞄准，只能靠左眼。右手持枪、左眼瞄准，老歪这打枪的技术恐怕也是全国独一份的了。

只听"轰"的一声响，野猪"嗷"的一声嚎，一个高蹿起了六七米的高度，差点就蹿出黄泥场了。老歪看着野猪没死吓懵了，心想，自己这枪法也是够可以的了，这么近居然没打到！幸好没有人看到，要不还不得让人笑话死。他赶紧回道口接着装火药堵软纸，提着枪又杀向了瘸腿猪。"轰"的又来了一土炮，野猪又"嗷"的一声蹿出去六七米高。老歪纳了闷，心里寻思着：见鬼了？这野猪难道成精了会躲枪子不成，怎么又没打到呢！

接下来就听黄泥场那疙瘩枪声不断，每隔十来分钟就是"轰"的一声。大概过了两个多小时，拖柴火的赶着牛车也回来了。这时候野猪奄奄一息地躺在黄泥场的坑边，眼看着要没气。老歪抱着枪一头大汗地坐在野猪前面，嘴里一个劲地嘟囔着："真是见鬼了，怎么一个枪眼也没有呢！"拖柴火的仔细瞅瞅，原来野猪根本就不是老歪用枪打倒的，完全是因为腿伤出血加上受到过度惊吓而昏死过去的。此时野猪的心里大概在说："你快用刀捅死我吧！别再用枪来折磨老猪我啦！你可是吓死我了！"

大伙一定会问，这野猪身上为什么一个枪眼都没有呢？即使老歪的枪法再臭，也不至于十几米的距离开了那么多枪，子弹却连野猪毛也没碰到吧！原来，拖柴火的人路过老歪身边时，车上拖着的树枝把老歪放在道口的枪沙袋给刮走了，掉落在十几米开外的路上。老歪对打猎其实就是一个门外汉，再加上他看见野猪光想着吃肉，既有些兴奋激动，又有些心不在焉。他只往枪筒里装了火药，却忘了装枪沙，拿软纸一堵就去轰野猪了。结果连累带吓的，野猪就这样活活地被他给弄死了。这样倒是也很好，起码野猪肉里没有枪沙，吃肉时不怕有枪沙硌牙，收拾起来也省了不少的时间。

只是这头野猪够倒霉的了，先是被老猎头打断了腿，又被老歪活活地折磨了两个来小时，那可绝对不是一个"惨"字所能形容的。

二　二秃子VS兔子王

　　首先给大家介绍下这个故事的主角——"兔子王"，兔子王是一只个头特别大的野兔。它之所以被叫做兔子王，那是因为它敏捷狡猾，身经百战。村子里自认为下套子最厉害的人都曾经和它比量过，但谁也奈何不了它。

　　据说它的脖子上最少挂着五根细钢丝套，多次身陷猎人布下的天罗地网。但它每次都能全身而退，渐渐地练就了一身躲套的非凡本领。由于它会躲避猎人下的套子，所以它的生命就比较长，命长导致的结果就是它长得特别肥大。一般野兔的平均体重也就在四五斤左右，可兔子王这家伙长得足有八九斤重，绝对是兔子中的"战斗兔"！年复一年，日复一日，它顺理成章地被村里人冠名为"兔子王"这个响当当的大号。

　　每年冬天落雪以后，村子里的人闲着没事干，便开始琢磨起兔子王来。雪后想要寻找兔子王的踪迹并不难，到山上的雪地里找最大的野兔留下的足迹。如果足迹旁边还带有几道铁丝划过的痕迹，那一准就是兔子王的。

空留在雪地上那大大的兔子脚印和那几道铁丝痕，在冬日阳光的照耀下显得格外刺眼，像是在嘲笑讽刺着那些下套子的猎人。

一年冬天，村里有家人办喜事设摆宴席。酒后，大家又开始闲聊扯皮地谈论起兔子王来。大家醉醺醺地一致研究决定，谁也不准用枪去打兔子王，别的办法随便使，最好是生擒活捉；谁要是能把它稳稳当当地请下山，谁就是这村里打猎的头一份能手。

别小看村里人酒后这个不经意又像是开玩笑的决定，对这个偏僻沉闷山村中的每个猎手来说，却是一个充满着挑战性和荣誉性的重大活动。要知道谁要是真的能把兔子王给捉到手，那就可以头顶着"打猎能手"这个可以吹一辈子牛的荣誉称号，挺着胸脯、仰着头、大摇大摆地从村东头逛到村西头，想怎么吹就怎么吹，尽情地吹，管够地吹！在套兔子这一领域毕竟谁也不服谁，那就得靠事实说话呗！再说了，兔子王还在山上悠哉优哉地划着道道呢！

村子里有句话说得非常到位——"上山不识兔子王，套到黑熊也白瞎"。这兔子王就是猎人们下套子的一个标杆，要是等兔子王自己寿终正寝了，那猎人们谁还有脸说自己会打猎会下套呢？说得再深刻一点，兔子王完全是村子里猎人的共同心病。什么三连套、连环套、排套，办法倒是用了一大撂，最后

上山的兔子，下山的猪

人们还是拿它没办法。

村子里有个叫二秃子的壮汉。他为什么叫二秃子，这是有说道的。听村里人说，他在半大小子的时候遭遇了"鬼剃头"。一夜睡觉之间，他的脑袋上出现了一个掉得不剩一丝头发的圆圈。正巧当时有个老电影里面有个叫"二秃子"的人物，不知咋的闹来闹去，"二秃子"这大名也就落到他头上了。

记得那年冬天的第二场雪，纷纷扬扬的雪花下了整整一天一夜，积雪深度直没膝盖。按惯例，大家凑到一块，趁刚下完雪的时候仨俩一伙去山上下套子。当然必谈话题还是跑不了兔子王，二秃子眉飞色舞地说："上一场雪，我在西山坡碰见兔子王这家伙了。它今年更加肥大了，怕是足有十斤都挡不住。弄回来当下酒菜，那是再好不过的了！"隔壁吴老二一听他这话憋不住反驳："一天天的，你别老是吹牛啦！虽然你俩都叫兔子（谐音秃子），可它是兔子王，那是你二秃子能抓得到的吗？（这里得说下，二秃子也叫"二兔子"——他身体素质特别的好，跑得嗖嗖快。每年村里举办运动会，从一百米到八百米的第一名都被他给承包了。县里举办运动会，他基本也是次次拿冠的选手。）你二兔子要是能套到兔子王，我媳妇就跟你睡，怎么样？"吴老二话刚出口，立马觉得有些不对劲。他马上又改口说："不是我媳妇跟你睡，是我儿子跟你姓！"这可把大伙乐坏了，吴老二说的两句话还不是一回事嘛！二秃子也不含糊地说："吴老二啊！今天就咱俩一伙，我让你亲眼看看我怎么把兔子王给弄下山的。我这个爹是当定了！光说不练假把式，咱走着瞧！"

按理说下雪刮的是西北风，所以西山上的雪格外厚，这里根本就不是套兔子的最佳选择。但二秃子不蒸馒头，就是要争口气，非得去西山坡抓兔子王不可。泼出去的水，收不回的话。吴老二算是自己把自己给架上去了，看这阵势不去是不行了。他只好无奈地噘着嘴，佝着腰，快快地跟在二秃子屁股后面，深一脚浅一脚，跌跌跄跄地向西山爬去。

西山雪厚的地方都能没到腰，你想这能套兔子吗？可是兔子王就是喜欢在西山坡这一带活动——这只兔子还真是有个性啊！二秃子和吴老二这哥俩十点来钟出门上的山，走到西山雪薄的地方有十二点多了。山上雪薄的地方也得有二十公分厚，雪厚的地方几乎是打洞钻过的。二秃子兴致盎然地尽头十足，吴老二满腹牢骚地叫苦不迭，心想，闲着没事抬什么杠啊！跟着二秃子遭个土鳖罪。果然不出二秃子所料，刚到西山坡不大会工夫就发现了兔子王的踪迹。二秃子想，兔子王这家伙会躲套，我得下个环形的排套，它要是进了我的包围圈，谅它也跑不出我的手掌心。二人很快就把套子给下好了。二秃子又想，这样等兔子王也不是个办法。它回来时不紧不慢地准会发现套子，弄不好还要落空。不如我绕到它前面去把它给赶回来，它这一慌乱紧张，还不乖乖地跑进我的套子！于是便让吴老二躲到树后去等着，看到兔子王进了套就赶快抓住，别让它挣断了套再跑了。吴老二按照二秃子的吩咐依计行事，悄悄地躲在了

上山的兔子，下山的猪

一棵大树后。

二秃子不愧是二秃子，那身体素质真是杠杠的——不到二十分钟的时间，他就码着兔子王的脚印找到了它。二秃子先是轻轻地绕到它前面，然后冲着它"嗷"的就是一嗓子。这一嗓子响彻云霄，震彻山谷，吓得兔子王浑身肥肉一颤转身拔腿就往回跑。二秃子一看目的达到了，不紧不慢地跟在兔子王的后面，隔三差五地还"嗷"上一嗓子。这可把兔子王吓坏了，大概自己在琢磨，这是何方神兽要来吃我啊？脚底抹油地还是快蹽吧！蹭！蹭！蹭！兔子王迷迷糊糊地跑进了二秃子为它量身设计的包围圈里。吴老二猫在树后，看得心都提到了嗓子眼，大气都不敢喘。在不知不觉中，他的手硬是把树皮都给扣下来了一大块。

兔子王不愧为兔子王，进了环形排套阵，它一下子就看出了其中的玄机，紧接着一个急刹车，定在了原地。二秃子傻了眼，吴老二也懵住了，这是什么情况？这兔子王真是成了精了，瞪着大眼就是不上套啊！只见兔子王脑袋激灵地一转，先是四周看了一圈，然后抬起前腿轻轻地一蹦……二秃子的心一下子碎了一雪地，吴老二咬牙切齿地一下子也气崩溃了……

轻轻地我来啦，轻轻地我又走啦，没有带走半根铁丝圈，没有带起半个雪花片，就这样我轻轻地走啦！

据说当时二秃子头上的圆圈秃点又大了不少，吴老二的小眼睛也眯不上一条缝了，嘴叉子还隐约带有血迹。

二秃子近乎疯狂了，心想，你这兔子也太拿爷们的手艺不当回事啦！他又飞快地绕到了兔子王前面，怒火冲天地又喊了一嗓子。这一嗓子可是不得了啊，直震得树上的积雪哗哗地往下落，差点把趴在树后的吴老二给活埋了。可是兔子王对二秃子这声吼并不买账，大概是听个一次两次还觉得稀罕，听的次数多了也就习惯了，也有抵抗力了吧。兔子王纹丝未动地站在原地歪着脑袋，满眼挑衅地瞅着二秃子，那意思大概是在说："二秃子！你接着来啊！我看看你还有什么新花样！"

二秃子彻底怒了，把羊皮袄一脱扔给了吴老二，怒目眼瞪地对着兔子王大喊一声："兔子王！我今天和你拼了！"

一场精彩的人与兔雪地山坡马拉松大赛，于下午13时许正式拉开了序幕。兔子王真不是白叫的，虽然它体重超标，山上的积雪又厚，可是架不住它天天锻炼，又占着东道主地利的有利条件。这小速度嗖嗖地，那小身姿嘎嘎地，慵懒中带着一丝飘逸，奔跑中带着闲庭信步。比赛刚刚开始，兔子王已经遥遥领先二秃子五十米。二秃子也不愧为历届长跑冠军，他抬起粗壮有力的大腿，跑得那是地动山摇，风生雪起。沉寂已久的西山这下子可热闹啦！风一样的男人撵着豹一样的兔子，这可是盛况空前，精彩绝伦啊！

第一回合，兔子王绕山一周把二秃子甩下五十米，兔子王遥遥领先。第二回合，兔子王在绕山一周时被二秃子追上了三十米，仍是兔子王胜。不过可以看出二秃子的冠军不是徒有虚名，看来有一定的实力朝着后发制兔的趋势发展。第三回合又很快就要到达终点，兔子王终于跑不动了，摇摇晃晃地迈不动爪了，干脆往雪窝里一躺，呼哧着死活也不肯动了。看它那可怜的眼神分明是在憋屈地对二秃子说："爷！我怎么惹您老生气啦？我是在您家祖坟拉屎了还是在您家祖坟打洞了？您至于这样对我穷追不放吗？您说吧，您到底想干吗？我这十来斤的肉体就交给您啦！您爱咋地就咋地吧！我认命了！"二秃子走到兔子王身边喊道："你有种就给我起来，接着跟我跑啊！"据吴老二事后回忆，二秃子绝对是被兔子王给气得魔障了，当时还有再围着山跑一圈的冲动。他分明对兔子王还想说："起来，接着跑！该我在前面跑，你来追我看看！"

后话，吴老二的老婆当然不能让二秃子睡，儿子跟着二秃子姓那也是玩笑话，不过吴老二的儿子倒是认了二秃子为干爹。为了这个干爹的名分，二秃子还有些耿耿于怀。因为我们这儿当地有个说法，孩子不好养活的话，最好认个吊儿郎当的人做干亲。

生活似乎往往也爱给人们开一点小玩笑，吴老二的儿子认完二秃子当干亲不久，竟然鬼使神差也鬼剃头了——这难道还可以无血缘遗传？

三　肉鸡

说起"肉鸡"，大家一定会以为就是那种很普通的用饲料养殖的鸡，市场和超市到处有卖的。但是我所说的"肉鸡"你可能连听都没听说过，这可是过去专供给皇上吃的。只有深山老林里嘴馋的老猎户想吃这道菜时才会偷着做，光准备材料的时间也得需要准备一个多月。

为什么一道菜需要准备一个多月的时间呢？因为这道菜工序复杂，要先从所谓的"肉鸡"开始着手，按部就班地一点点来。我还是先介绍下我所说的"肉鸡"吧！我说的肉鸡其实不是鸡，而是在山上生活的一种叫斑鸠的鸟。吃过斑鸠的人都知道，它可是飞禽中比较难得的美味。只要打到这种鸟，第一时间开膛破肚，不管用什么方法烹制出来都是上好的美味佳肴。

"肉鸡"这道菜就是以斑鸠为主材，具体的做法还得先找到斑鸠窝。等老斑鸠孵化出小斑鸠，趁老鸟出去寻食的时候挑窝里长得最大最精神的小斑鸠留下，其他的全部都扔掉。这样做的目的是能保证留下的小斑鸠营养充足，长得更加肥硕。小

上山的兔子，下山的猪

斑鸠刚孵化出来时身上是没有毛的，要在第一时间往它身上刷豆油，而且要坚持不懈地每天都要刷。最关键的是不能用手碰到小斑鸠，不然被老斑鸠发现就会弃窝而去，这吃"肉鸡"的计划也就泡汤了。所以这是一个细心加耐心的活儿，一般人是干不成的。

为什么要给刚孵出的还光着腚的小斑鸠刷豆油呢？这里的学问可就大着了。刷油的目的是为了让小斑鸠的身上不长毛。天天往它身上刷豆油，基本上是不会长出毛来的。按这种方法给小斑鸠刷上一个月的油，小斑鸠也差不多长成大斑鸠了。它会长成一只浑身没毛，比正常斑鸠大上一倍多的肉鸡。看着这肥大扁胖的斑鸠，任谁都会把它当成肉鸡不是，这就是"肉鸡"的由来。至于怎么吃好，清炖是首选，肉嫩汤清，绝对的皇家级的享受。

自打偶然听了老猎人讲了"肉鸡"的做法后，我们这帮小馋猫就把"肉鸡"这道菜一直铭记在心里。奈何十岁八岁的孩子上不去山啊！就是上得去山，也得像老人说的那样被狼叼去不是？那时的感觉就是空有一身的屠龙技，奈何无处施展啊！

要说在我们这帮小伙伴中，世德不管是家庭条件还是个人条件那都是没的说。当时我们的感觉他就是人中的龙凤，马中的赤兔。我们和他在一起，那就是作陪衬的小家雀和矮矬马。因为世德家是开磨坊的，所以小时候他家大米白面的那是随便造。而我们平日里啃的是大饼子，只有逢年过节的时候才能吃

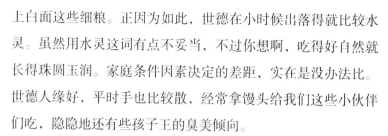

上白面这些细粮。正因为如此，世德在小时候出落得就比较水灵。虽然用水灵这词有点不妥当，不过你想啊，吃得好自然就长得珠圆玉润。家庭条件因素决定的差距，实在是没办法比。世德人缘好，平时手也比较散，经常拿馒头给我们这些小伙伴们吃，隐隐地还有些孩子王的臭美倾向。

世德听完"肉鸡"后，两眼直冒蓝光，嘴角直流哈喇子，他的魂早让"肉鸡"给勾走了。于是他就让我们到处注意哪里有斑鸠窝，谁发现了有奖，奖品就是一个白面大馒头。

听说有馒头吃，小四的这个吃货就坐不住了。什么土产的库房、粮库的草垛、黑鱼泡的草窝……不到一天的时间各处让他给转了个遍。别说功夫不负有心人，没白忙活，还真就让他发现点东西。小四的发现在荷花泡有棵斜长在水边的大杨树上，有两个大鸟窝，不过好像是喜鹊窝。小四的立功心切，只想着大白面馒头，急忙去向世德做了汇报。

世德一听就坐不住了，心想，斑鸠和喜鹊都差不多，斑鸠能做肉鸡，喜鹊也应该行。于是带着小伙伴们就杀向了荷花泡。果不其然，还真的有两个鸟窝。世德一看鸟窝大喜，立马吩咐下来，从现在开始大家都离这棵树远一点，别惊到了他的肉鸡。他让我们先躲起来，自己要先上树好好地看看。

大家跑到一棵大树后猫了起来，露出一个个小脑袋远远地看着世德爬树。世德在各个方面都出类拔萃，爬树对他来说更是小菜一碟。只见他身手矫健地嗖嗖就蹿了上去了，简直比猴子爬得都快。一会儿的工夫他又下来了，一脸兴奋地说："走！小四的，跟我去拿馒头去。上面两个窝里都有蛋，这下子可有肉鸡吃了！"小四的这个时候不但脑子反应快，而且一点也不糊涂，聪明得很。他看了看世德笑嘻嘻地说："世德啊！我给你找到两个窝，一个窝一个馒头。那你是不是应该给我两个馒头啊！"世德愣了一下说："一有吃的你比猴都精，两个就两个！说话得算数！"

馒头大奖当然让小四的给领走了，有付出才有回报，这个是小四的应得的。世德从家里拿出四个乌鸡蛋，和我们一起又来到荷花泡。看着他手中的乌鸡蛋我们就纳闷了，他这是要干吗啊？世德高深莫测地得意一笑，说："这你们就不懂了吧！两个窝，有一个窝的肉鸡吃足够了；另一个窝也别浪费，我让老鸟帮我孵几个小鸡仔，养到过年好吃鸡肉啊！"那时我们刚看过一部老电影，用里面的一句经典台词来形容当时的世德是再恰当不过的了。那句台词是这么说的："高！实在是高！"

一切近乎顺利完美，鸡崽子孵出来了，肉鸡也选出来了。每天只有兴奎被允许跟着世德到树下给他望风刷油，看着老鸟有没有回来。我们只能远远地躲在树后露个小脑袋看着，那个什么羡慕、嫉妒、恨的就别提啦！

眼看刷了能有二十来天油了，世德说："长得倒是真快，我看快有一只鸡大了。"熬啊熬，终于熬到一个月了，收获的日子到了。那天世德破天荒地允许我们一起跟着到树底下，让我们陪他一起见证着奇迹时刻的到来。世德先是深吸一口气，然后满脸凝重地"呸、呸"往手心上吐唾沫，那阵势就跟电视里的举重运动员往手心涂完滑石粉后再吐上两口吐沫一个样儿。

　　世德开始正式上树了，小龙讨好地提醒说："世德，你慢点呀！夏天的杨树脆容易断，别掉泡子里了！"世德爬了不到一半，抱着树踩着一根树枝回头向下回着说："没事！结实着呢，我有把握。你看我松了手，脚下的树枝一点事都没有。"说着，他还脚踩着树枝颤了颤。突然只听"咔吧"一声响，接着"扑通"又是一声响。我们再看看树上早没了世德的人影，断掉的树杈上好像还挂着什么东西？我们仔细一看，原来是世德的的确良白裤衩正在随风飘扬。

　　要说"打仗亲兄弟，上阵父子兵"，按辈分来讲，兴奎得管世德叫声小舅，兴奎看世德掉进荷花泡里了怎能见死不救？他还真不含糊，"扑通"一声就跳下水去拽世德了。小四的是兴奎的忠实小弟，二话不说也跟着跳了下去。我的膝盖骑自行车摔破了，正涂着紫药水，实在是不能下水，给我急得直在岸边蹦高。小龙和球子他俩跑到凉亭那边找了根小松木杆扛了回来，放进水里让他们顺着木杆爬上岸来。

　　世德本来会水，只是这突如其来的断枝落水让他受了惊吓，喝了好几口水，呛得有些发懵。他光着腚子坐在岸上，缓了半天才回过神来。还好，算是有惊无险。肉鸡还在树上的窝里趴着，还得继续上人取肉鸡。小龙的嘴准是开光了，这不说还不要紧，一说世德就从树上掉下来了。他自觉有愧，忙说："世德，还是我上去给你拿肉鸡吧！"世德看看他裸露的大腿说："你还是先把我裤衩给扔下来吧！"

小龙也不是一般的人物，绝对不白给，那也是"久经沙场的钢铁战士"。上树那也是十分麻溜痛快，三下两下就爬上了树，拿起世德的裤衩顺手就扔了下来。这家伙也是急于表现有些大意了，忘了世德的小裤衩太轻扔不远。就看裤衩随着风飘啊飘地落进了荷花泡里，小龙更加愧疚了。好在世德人大度，也急于穿上裤衩，毕竟还光着腚子呢，也没计较这些。还是小四的有眼力价，纵身一跃跳下水把裤衩捞上来交给了世德。

世德正拧着裤衩子上的水，就听小龙在树上惊奇地说："哎呀！这肉鸡可真大啊！都快赶上我家老母鸡啦！"世德也跟着说："可能是没毛的喜鹊长得就是大吧！赶紧把肉鸡给我弄下来，我还得去大江好好洗一下呢。你瞅我这一身烂泥味。"小龙说："好嘞！肉鸡这就来啦！"他说着一手抓住肉鸡翅膀就往树下来。爬到世德断枝落水的地方时，我们就听小龙喊："哎哟！该死的，它叮我手！"说完，他想用另外一只手就去抓肉鸡头，结果一个重心不稳，"扑通！"

得！今天这是看跳水比赛来了。兴奎和小四的两人互相看了看，发着牢骚说："这都什么事啊！又掉泡里一个，还得下水。"人下了水，又上了岸。四只落汤鸡围着一只没毛鸡，都在大眼瞪小眼。兴奎好像看出有什么不对劲，嘟嘟囔囔地说："世德，这也不对啊！你看这大黑嘴巴子，这小黑眼珠子，我怎么看也不像是只喜鹊啊！"正说呢，这大肉鸡看到世德了，这个给它刷了一个月油的男人，它激动地"哇——哇"地叫起来……

没错！这哪是喜鹊，分明是只老哇子啊！（乌鸦，我们这儿当地的叫法。）这还怎么吃？我们这有个说法，吃老哇子准找黑老婆，将来找老婆肯定白不了。世德瞅瞅这忙了一个月的肉鸡，最后不甘心地说："管不了那么多了，一个月总不能白忙活吧！"

民间说法有的时候还真不好说，世德长大后对象倒是处了能有半火车皮，那是一个比一个漂亮。最后……缘分还是诅咒真不好说，反正幸福就好。哈哈！

四 抓鱼

上小学那会儿，每年到了梅雨季节，正是抓鱼的好时候。那时候的雨季简直就是鱼季，几乎是有水的地方就有鱼。不管是在上学路过柏油路上，还是在水田边的河流沟里，你都可以尽情享受着抓鱼的乐趣。

要是碰到发大水的时候，洪水一不小心跃过了堤坝，淹过了你家的门槛，运气好的话你坐在自家的炕头上也能抓条大鱼。这可真不是吹牛，有一年下大雨涨大水，我亲眼看见家住江边的村长就在他家锅底坑里掏出一条一斤多的大鲫鱼。

那时候我们这些农村的小孩子几乎都会抓鱼。小孩子抓鱼一般用戳网，戳网是用网布做的。在网布的两边绑上两根木棒，网布的上面简单缝个兜鱼的兜，网底再挂上铅坠，戳网就做好了。

十几岁的孩子都有爱显摆的心理，在雨季里要是抓不到几条大鱼，回头都没有在小伙伴面前吹吹牛的底气和资本。我想抓鱼不用偏得等到雨季，不夸张地说，家门前的鸭绿江就是我的天然养鱼池。要想吃鱼，我拿家里的挂网去江里下上两网，基本上什么都有了。也正是因为如此，小伙伴们有时组织一起去抓鱼，我一般不会积极主动地去参加。有一种情况算是例外，就是遇到有大鱼而且鱼特别多的时候，我才会动心。

一天，我正在家门口的菜园子里拿着弹弓打鸟玩。三的气喘吁吁地跑到地头来找我说："三的！出大事了，可不得了啦！兴奎和世德他们在学校房后水稻田通荷花泡那个涵洞里抓老鼻子（方言，意思是多）鱼了，光一斤以上的大鲫鱼就干上来六七条！现在估计能抓三四十斤鱼了，鱼多得都没地方装了！我腿快，他们让我来你家找你借两个水桶好装鱼。"我一听，这还了得！赶忙拿了两个水桶，我俩一人一个拎着就往荷花泡跑了过去。

还没跑到地方，远远地就听见兴奎边笑边喊着说："抓了八条一斤多的大家伙了！再抓两条大个的，咱们五个人一人正好分两条！"我跑近仔细一看，好家伙，真是一斤多重的大鲫鱼啊！鱼的个头倒是很大，就是感觉鱼显得有些发蔫，兴奎单手就能把鱼给掐起来。我就说："这鱼也太蔫了吧，一只手就能给抓住，不会是谁下药了吧！"兴奎说："不会，不会，那怎么会呢！谁要是下了药的话，也不会傻乎乎地让咱们捡便宜吧。开头抓的几条鱼可是活蹦乱跳的，老大的劲了，我双手都抓不住。可能是我们抓了半天把水给趟浑了，鱼被浑水呛迷糊了吧！"我细细想想，兴奎说得很有道理，这么浑的水什么鱼喝上两口也够呛，鱼没被呛昏才奇怪。

我下了水，指着小四的手里的网说："我来接两网吧，你先上岸歇会儿去，看你造得像个泥猴子似的，小心回家挨你哥揍！"小四的憨憨地笑笑说："我和兴奎哥配合得老好了，他在前面一起网，我在后面立刻把网下去，堵得严严实实的，一条都跑不了！"我一听小四的这话的意思是还没过足瘾，不想让位给我啊！可我抓鱼的瘾头火急火燎地上来了，我哪里管得上那么多，得！就当我没听明白得啦！我上前一把从小四的手中抢下渔网操练起来，小四的无可奈何，眼巴巴地看着我直咂巴嘴。他憋了半天也没能说出来什么，一副受气包的样子。哈哈！我有时候也挺坏的啊！

我扶着抢来的网，把它下在水里。兴奎抬网装着鱼走到不远处的一个小水泡边，把抓到的鱼倒进泡子里先存放着。小水泡能有一个圆桌面的大小，里面的水到我们膝盖那么深。兴奎倒完鱼，回过头来站在水里看我接鱼，等着我起网后他再下网接鱼。我们这个接力抓鱼的车轮战术效果确实很不错，鱼基本上是没个跑。

世德高高地站在涵洞上的桥上，一边看一边指挥着。他一会儿喊："兴奎，注意了啊！你左网边来了条大鲫瓜子，进网了，赶紧起网！"一会儿又喊："三的，有条鲶鱼到你网跟前了，快用脚搅和下网前的水就能赶进网里。"世德是看着水花的动静，指挥着我和兴奎什么时候来换网的。那么浑的水我也不知道他是怎么判断有没有鱼上网的，反正他一喊换网准有鱼上网。他这本事真是神了，让我们佩服得五体投地！

我刚刚下上第三网，世德突然喊："换网！"我赶忙起网，兴奎刷的一下又下网接上。好家伙，我这网一下干了两条一斤多的大鲫鱼。三的羡慕地说："还是三的牛啊，一网能干上两条大家伙！小四的你看到没，这就是换手如换刀啊！"

我端起鱼乐颠颠地走到小水泡想把鱼倒进去存着，看着小水泡我直感觉有些不对劲，到底是哪儿疙瘩不对呢？我还说不出来。就在我琢磨时，世德喊我："三的，你不麻溜地倒鱼愣着干什么呢？趁鱼多赶快抓啊！"我回答说："我感觉有些不对劲啊！就是还没整明白。"世德又催促说："先把鱼倒泡子里养着得了，有什么不对劲的，一天尽瞎寻思！"

我听了世德的话，把鱼倒进了小水泡。这时让我发现是哪里不对了，小水泡子要是装上个四五十斤鱼早就装满了，怎么看着泡里却没几条鱼呢？我大声喊："不对啊！小水泡里也没有几条鱼啊！鱼都哪儿去了？"

小四的听了我的话，一个蹦高就蹿了过来。这放鱼的小泡子可是他找的，要是抓的鱼跑没了他可没法向大家交代。小四的撅着屁股，探着脑袋，瞪大了眼珠子，仔细往水里看了又看。越看他的脸越皱皱，干脆跳进泡里摸了起来。没摸几下他又哭了起来，一边哭一边憋屈地说："兴奎，泡子底下有个你脑袋瓜子那么大的窟窿眼，鱼从窟窿眼里跑啦！"

我跳下去一摸，可不是咋地，泡底真有一个大窟窿！我这下子算是明白了，小水泡底下就是涵洞，抓到的鱼放在小水泡里，鱼顺着窟窿眼就跑下面的涵洞里游，顺着水又钻进了我们下的网里。就这样鱼被抓上来放进小水泡又跑掉，再抓上来又再跑……周而复始，折腾来折腾去的也就是十斤八斤的鱼在做死循环。开始的时候鱼自然活泼，抓的时间长了倒是我们把鱼给玩蔫了。

哎！可真是悲催可怜的一群鱼，碰到了稀里糊涂的一帮人啊！

五　抠獾子

五　抠獾子

獾子是一种在东北较为常见的野生动物。它全身都是宝，有着很高的经济价值。獾子肉可以吃，做的方法如果得当，能去掉肉中的土腥味，其味道还是非常鲜美的。獾子的皮毛色彩亮丽，弹性也不错，是做裘皮衣物的上好材料。獾子油更是一种民间良药，有着治疗烫伤不留疤、治疗冻伤不留痕的独特功效。每年，猎人总能靠抓獾子卖点零用钱来贴补家用。

按獾子居住的洞穴情况，猎人们把獾子分为土窑獾和石窑獾两种。土窑獾就是在沙土里打洞筑穴生活的獾子，石窑獾就是在倒塌的石头砬子缝里筑穴生存的獾子。

土窑獾和石窑獾的品种都是一样的，只是生活的环境不同罢了。土窑獾比较好抓，只要找到獾子的洞口，猎人们用钢叉、棍棒、铁锹等工具，通过烟熏、堵洞、挖土就可以抓得到。石窑獾对于猎人们来说就比较头疼了，铁锹根本挖不动石头砬子，要抓它必须得用烟火来熏。当烟灌进石窑獾的洞时，那场面是相当壮观的，满山都冒着烟。即使这样，也达不到太好的

—25—

上山的兔子，下山的猪

效果——石头碴子的缝隙太多，獾子很难被熏出洞来。獾子不出洞，猎人们也就束手无策，只能干瞪眼。所以猎人们抓獾一般都是选择抠土窑獾，看来猎人也是专挑软柿子捏。

话说二秃子因为逮到了赫赫有名的兔子王，顺理成章地晋升为村里的首席打猎能手。这一转眼的功夫，大半年都过去了，他也没机会动用下自己至高无上权威。为了彰显打猎能手的威风与能力，他思量再三，决定带领村民去发点小财——抠獾子。

要说这二秃子办事还是有一定的脑瓜的，土窑獾子洞他早就瞄好了。通过缜密侦查，他确信洞里面能有十多只獾子。本着抓大放小走可持续发展的道路，他还打算不一网打尽，至少要留下一半。

二秃子还是有着一定的号召力的，吴老二这干亲肯定是跑不了，张老三李老四的也来了七八号人，就连老歪也歪着个脖子非要跟着一起去。

抠獾子不仅是个力气活儿，也是对猎人耐力的考验。因为要先把獾子洞的洞口挖大，然后再找后洞，还要堵洞，点火放烟熏等等，耗费的时间自然也比较长，所以大家走得比较早。天刚蒙蒙亮，他们就集合出发了。

众人一路上嘻嘻哈哈，侃着大山。在路过村里的一片人参地时，二秃子突然慌里慌张地向大家一摆手，紧张地说："嘘……把嘴都闭上，千万别弄出声响来！听我指挥，跟着我走。"与此同时，他又用手指了指人参地的一个角落。好家伙，一头三百多斤的大野猪正带着一群小猪崽子拱人参呐！这地里的人参可让这群野兽给祸祸完了，雪白的人参被拱得横七竖八地躺在地面上。

带头的野猪可是不得了啊！这头野猪不仅个头大，而且还挂了甲。东北的猎人都知道这样一句行话——"一猪、二熊、三老虎"。这话说的是在深山老林里，野猪才是最危险的动物。即使是体重过百斤的野猪只要挂了甲，那么它也几乎是无人可敌的了。

什么是野猪挂甲？就是野猪闲得无聊的时候喜欢在松树上蹭身子挠痒痒，蹭得一身黏糊糊的松树油后又跑到河边的沙地上打滚，打滚打够了再跑回林子蹭松树油。来来回回的多次之后，野猪身上便会粘挂上一层松树油裹着沙子的厚甲，就像是穿上了防弹衣一样，刀捅不破，枪打不透，甚是了得！挂甲的野猪只有耳后和肛门才是它的软肋，当然你要是枪法好的话，打它的眼眶也能"削"死它。若是攻击其他的地方，不但要不了野猪的性命，只会激怒野猪，跟你玩命！特别是带着崽子出来转悠的野猪，护崽子护得近乎于疯狂，那是不拼个你死我活的绝不算完。

看着眼前这挂甲还带崽子的野猪，给二秃子吓得手脚冰凉，面无血色，头皮直发炸。即使野猪正在祸害村里的人参地，他也只能眼睁睁地看着，实在是不敢管了。有一定常识的人在山上看到野猪，绝对不会贸然去招扰的。能躲就去躲，躲不过去了就上树，没树可上就撒腿跑 Z 字，千万不要跑直线。野猪的视线是一条桌面般大小的直线，跑直线就等于两条腿的人和四条腿的野猪进行山地越野赛跑，不难想象，两条腿的必败无疑。

二秃子带领着大伙儿悄悄地猫在树丛里，大气不敢出二气不敢进，受尽了煎熬。直等得野猪一个个吃饱了玩够了，扭着肉鼓鼓的屁股晃晃荡荡地走远了，他们才放下胆子站起身从树丛里走了出来。

一场虚惊过后，大伙儿都庆幸成功地躲过了野猪，便顺利地来到土窑獾子洞。吴老二负责熏獾子，二秃子和其他人分头找其他的洞口。他们一个个手持钢叉木棍，摆出一副剑拔弩张的样子死守在每一个洞口旁。

吴老二熏獾子自有一套妙招，他不用其他的猎人弄些湿柴树叶什么的点火冒烟熏獾的方法。只见他从怀里摸出一挂小鞭，点着火往洞里一扔，然后再用草堵住洞口。洞里噼里啪啦一阵闷响过后，其他的洞口慢慢地便有烟往外冒，时不时地还有被连熏带吓的獾子往外跑。獾子刚一出洞，什么棒子和叉子的就冲着它一起奔了上来。

大伙儿用这种方法，一会儿的工夫就抓了六只獾子。老歪这个家伙比较鬼头，他发现个洞口自己独守着，却没有告诉大家。大伙儿正抓着来劲呢，就听老歪在那边嗷嗷地大叫声。怕他出什么意外，大伙儿放下手头的活儿"噔噔噔"地都跑了过去。就见老歪脸色发白地指着前方，嘴里嘟囔着："大耗子精，大耗子精！"

原来他守的洞口钻出来一只后背没毛满是茧子的怪物，就像一只掉了毛的大耗子一样。二秃子一看这怪物，嘴角一扬，乐了。他赞赏不绝地说："好宝贝，好宝贝啊！"

大伙儿都不认得这是个什么东西，只听二秃子说："快，赶快给围住，可别让它给跑了！这可是难得的美味，抓到我再给你们说。"

人多力量大，大伙儿很快就抓到了这只怪物。二秃子乐得都合不拢嘴，眉飞色舞地说："抓到了这个宝贝，今天也就算是圆满了。咱们别的就不去抓了，我就好好地给你们讲讲这是什么吧！"

二秃子说，这个怪物是獾子洞里特殊的存在。虽然它和獾子们住在一起，但是它却不是獾子，而是叫做貉子。它是獾子洞里的贵客，又叫做土车子。为什么管它叫土车子呢？那是因为它的存在就是在獾子洞里干着拉土的活儿。獾子打洞挖土的时候，它便仰着壳四脚朝天的像个手推车一样躺在地上，跟着獾子一起把打洞挖下的土划拉到自己的肚皮上，四条腿一团就把土给兜住了。獾子们看它的肚皮上装满土了，就咬住它的尾巴或耳朵把它和土一起拖出洞完成了运土的任务。土车子的后背没有毛，并长着一层老茧的原因就是运土时獾子给拖没的。它的尾巴和耳朵上也没有什么毛，那是在运土时被獾子给咬掉了。土车子自己不用打食吃，正因为它给獾子运洞里的土，洞里的獾子才会一起打食养活着它。土车子个头大，皮毛是上乘佳品，肉质更是鲜美无比，实属是可遇而不可求的宝贝。

要说这二秃子还真有点狗屎运，第一次领着大伙儿上山抠獾子，不仅抓到了六只獾子，还意外地抓了只土车子。其人气指数如火车拉笛般嗷嗷地往上涨，一时间他成了村民茶余饭后议论的焦点人物。

六　吴老二 VS 大野猪

二秃子带领大家抠獾子时，碰到头三百来斤挂甲的大野猪。由于大家都没带猎枪，只好忍气吞声地躲了过去。要知道三百斤的野猪就是老虎遇到都会躲着走，因为这样的大家伙按我们这儿的话来讲，它已经是百炼成钢，成了气候，只差一道惊天响雷就可以腾云驾雾了。

三百斤的野猪对于猎人来说是个什么概念呢？那是需要打个七八枪才能放倒的庞然大物。而就在这短短七八枪的时间里，野猪它还能干出很多疯狂的事，至少放倒弄残三五个人是没有问题的。用枪打容易暴露猎人的藏身之处，危险系数太大。

下套子套的话，若是油丝绳细了野猪会挣断逃跑，油丝绳粗了就会被野猪发现。野猪也不是你想象中的那么傻，它还是有着一定的警觉性的。要知道猎人套野猪时都会把油丝绳用火燎一下，目的就是烧去绳子上的油，让野猪好放松警惕落入圈套。因为野猪的嗅觉灵敏，对油的味道是很敏感的。就算是野猪没看到套子，被套住了，粗油丝绳灵敏度低也勒不紧，野猪还是会想办法逃跑的，最终还是等于白忙活一场。

挖陷阱的话，这么大的野猪可以说是无敌了，也没有什么能让它害怕的了。因为人们很难惊得它慌不择路地掉进陷阱里去，所以挖了陷阱也是白挖。换句话说，就算是这三百斤的大家伙蹲坐在陷阱边上，没有三五个人都把它踹不下陷阱里去。

在我的记忆里，村里人曾经抓过一头三百多斤的大野猪。令人大跌眼镜的是，能抓到这头大野猪跟人气爆棚的打猎能手二秃子扯不上什么关系，倒是让名不见经传的吴老二立下了令人啼笑皆非的汗马功劳。

话说吴老二在夏天的时候，从一个远房亲戚那里学来一种抓野鸡的绝招。用这个绝招来抓野鸡得需要两个人，还得依靠老鹰风筝这个至关重要的道具才能完成。人好办，随便叫上一个就成。只是这老鹰风筝就没那么简单了，那得有一定的手艺才能做得出来。

做老鹰风筝，得先选用韧性好的竹子扎一个老鹰形状的骨架，再用糨糊在骨架上糊上宣纸，最后拿毛笔在宣纸上画出老鹰的嘴、眼睛、翅膀和爪子，反正画得越逼真越好。当然，即使做好了老鹰风筝，还得保证它能飞上天。风筝飞不上天，岂不是一切都白忙。

拿着老鹰风筝抓野鸡时，两人得一前一后去找野鸡。一看到野鸡，前面的人拽起风筝就跑。野鸡的眼神不怎么好使，它一看天上飞着老鹰风筝，以为是真老鹰来了，吓得会把头扎进

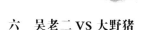

六　吴老二 VS 大野猪

身边的雪里或草里。此时，走在后面的人只要跑上前去，跟拔萝卜一样就能把野鸡抓到手了。用这招来抓野鸡，既能做到绿色环保无污染，又能保证野鸡个体鲜活无伤害，最关键的是，还没有什么成本。

学得此技，不好好地显摆炫耀一下，那可不是吴老二的个性。只因季节不对路没有野鸡可抓，又因为没经过实践检验这招是否有效，他也不敢随便地向别人显摆。

入冬天冷的时候，也没什么农活可干了，吴老二闲得无聊又想起这茬来了。他大门不出二门不迈地憋在家里，一个人坐在炕头上琢磨来又琢磨去，糊起风筝来。功夫不负有心人，经过一番心血和努力，吴老二终于糊出了一个会飞的老鹰风筝。

他担心用此招抓不到野鸡反丢了面子，也没敢叫外人来帮忙。他只喊上儿子，就带着风筝和准备装野鸡的面袋子上了山。

因为这一年雪下得有些晚，山上也没什么积雪，野鸡就不是那么好找。寻了小半天也没见个野鸡的踪影，吴老二看着手里的老鹰风筝不甘心啊！他心想，怎么也得找只野鸡试试效果，要不白忙活了不是？于是，爷俩换了个山坡继续找。

正当他两一前一后瞪着大眼聚精会神找野鸡的时候，就听他们前面传来一阵哼哼声。吴老二的心一下子就提到了嗓子眼，第一反应就是大事不好，碰上野猪啦！

他抬头一看，只见他前面不到二十米的地方果然有个喘着白气的大家伙。吴老二细细地端量下，这是一头祸害乡邻，让

上山的兔子，下山的猪

村民咬牙切齿恨之入骨的大野猪。

吴老二护犊子心切，对儿子就喊："快跑！有野猪，别管我。"野猪正迈着八字步悠闲地溜达着玩呢，冷不丁地被这突如其来的一嗓子吓了一跳。大概它心里在想："就你个小样的，你嘚瑟个啥，你要作死啊！吓唬爷爷好玩吗？我打小就在这山头混，惧过谁啊！你是不知道马王爷长了几只眼咋的？待爷爷给你来点厉害的瞧瞧！"

大野猪低着头，瞄着准，前蹄扒着地，不断地攒着斗气。"嗷"的一声，使出了看家的本事。只见它怒气冲冲，马力十足，顺着山沟就来了个"蛮猪冲撞"。

这爷俩一看不好，也跟着"嗷"的一声，撒丫子就往山下跑。因为是在山沟里，既没有树可以爬，也跑不出Z字，就只能跟野猪跑直道比速度了。可是弱小的人类又怎能比得过凶猛的野兽呢？这明摆着的事——吴老二爷俩是逃不过这一劫了。

眼看着野猪就要拱到吴老二的腚蛋子了，就在这生死存亡的关键时刻，吴老二忽然想起了手里的面袋子，慌乱地回头随手就甩给了野猪。

也是吴老二命不该绝，面袋子正好蒙在了野猪的头上。野猪这次可是被吓了一大跳，连滚带爬地站住了脚。大概它又在想："这家伙怎么把天给收了？天怎么突然就黑了呢？"野猪狂甩着脑袋，没几下子就把面袋子甩掉了。野猪这下更怒了，敢拿个破口袋来吓唬爷，待爷"双刀"挑了你们。接着，它又

开始狂撵吴老二爷俩。

好在进山没有多远的路，吴老二爷俩趁野猪愣神甩面袋子的空当已经冲出了山沟。要说天下最伟大的就是父母。吴老二顾不得自己，对着儿子就喊："你快跑回村喊人来救我，我把野猪给引走！"喊完他朝着野猪"嗷——嗷"又喊了两嗓子来刺激野猪，引着野猪跑上另一条路。

吴老二的行为把野猪彻底激怒了，估计野猪寻思："你这个小瘪犊子，不老实地在家过你的老婆孩子热炕头的小日子，闲着没事跑上山来惹大爷不开心！吼一声还不算完，撅腚不服的这又吼上了，我今天不挑死你我都是你养的！"

野猪分分钟就追上了吴老二，用它热乎乎的嘴照着吴老二冷冰冰的裤裆就拱了过去，然后一挑，再一甩。就看吴老二"嗖"的一下，就像他做的风筝似的飞了起来，"啪叽"一声摔在路边村鱼塘的冰面上。

初冬冰还没有冻透，吴老二落冰面后，冰面"咔嚓咔嚓"直响。要说吴老二也是机灵人，他知道鱼塘中间有个冒水的泉眼，冬天那里不封冰的。他灵机一动，心想："我爬进水里，我看你能把我怎么样吧！"这时候的吴老二忍着浑身的剧痛，也顾不上死裆的棉裤被野猪给挑成活裆裤，紧咬着牙拼命地往鱼塘中间爬了过去。

野猪一看，"哎呀！没弄死？这哪儿行啊，这可不是爷爷的一贯作风！"它想都不想地奔着吴老二就追了过去，就听得

上山的兔子，下山的猪

"咔咔嚓"——"扑通通"……

冰面擎个人还算是勉强，根本就承受不住这大野猪的分量。野猪一下子就掉进冰窟窿里了。吴老二看野猪掉冰窟窿了，也不往中间爬了，他趴在冰面上是一动不敢动，野猪在冰窟窿里是一个劲地乱扑腾。

等村民们赶到的时候，吴老二连惊带冻地趴在冰面都快虚脱了，身后不远处的野猪在冰窟窿里也没了声息。村民们想了个办法，拿木板子铺在冰面上才把吴老二拖上岸来。吴老二一脸的痛苦状，他两腿紧夹，双手死捂裤裆。

吴老二本想放老鹰风筝抓野鸡好显摆下自己，没想到自己亲手做的老鹰风筝没放成，自己倒是被野猪给"放"了把风筝。更没想到的是，他竟然没费一枪一弹就把野猪给拿下了。不管怎么说，能抓到这头大野猪，吴老二他功不可没。至于野猪它死得冤不冤，就没人去理会了。

村民们借了吴老二的光，美美滋滋地跟着一起吃了顿野猪肉。大家都夸吴老二有本事，不仅为村民除了害，又让村民解了馋。

吴老二更是高兴得不得了，那赞美之声早把什么惊恐、冰冷的经历给冲没了，满满地赚足了面子。据说二秃子特地把两个野猪蛋烤熟了让吴老二吃了，还说什么这是"吃啥补啥"，哈哈！

七 傻狍子

记得有一年眼看着就要过年了，大家都在忙碌地张罗年货。打猎能手二秃子想给村里人过年的饭桌上添上一道硬菜——野味，于是便琢磨着组织大家背上猎枪上山去围猎。

打猎的前一天晚上，二秃子用村里的大喇叭进行了全村通知。本着自愿参加的原则，想去打猎的早上 6 点钟准时到村委会门口集合。

打猎的队伍在二秃子的带领下踩着嘎吱嘎吱作响的皑皑白雪，一路上有说有笑地就上了山。打猎不仅要看本事，还得靠运气。要是运气好的话，那是怎么打就怎么有，不用费什么力气就会有所收获；要是运气不好的话，你就是费尽周折地转遍了整个山，也遇不见个猎物。即使是遇见了，你也未必能打得到。

话说二秃子可是个福将，村民们跟着他上山打猎心里有底。不管多少猎物，反正每次都能打得到。

这一次大伙儿跟着他刚爬上山，还没走到半山腰就看到了东北神兽——傻狍子。狍子就狍子呗，为什么前面偏偏要加上

上山的兔子，下山的猪

一个"傻"字呢？这其中可是有着耐人寻味的奥妙，这傻狍子可是东北人对狍子这种可爱至极的动物一个暖暖的称呼。

狍子这种动物的好奇心特别强，一遇到什么新鲜事物就想好好地琢磨个究竟。打个比方说吧，要是允许狍子上学读书的话，它们整个家族保准个个都能算好学生。人家狍子这个爱研究问题善于思考的个性可不是后天培养的，那可是与生俱来的。它天生骨子里就流淌着永无止境地去探索世界的一腔热血，它的脑袋瓜子里面装的不是"十万个为什么"就是"百万个为什么"。

俗话说"好奇害死猫"，这话用在狍子身上是最恰当不过的了。往往在它怀着一颗好奇之心还没把世上的万事万物研究明白的时候，这颗好奇心反倒把它自己给害死了。

猎人在打狍子的时候，如果一枪没打到，这没有什么关系，根本就不用去追。只要原地找个地方先躲起来，再点根烟抽等着它就是了。过不上多大会儿的功夫，你就会看见狍子迈着沉思的脚步又转悠回来了，一脸疑惑地想看看刚才究竟是怎么一回事。这个时候，猎人补枪再打就可以了。你说说，好奇之心能战胜恐惧之心的动物能有几个？大概也就只有狍子一个了吧。你再说说，管它叫傻狍子对不对路？这称呼一点儿也不带委屈它的！

二秃子的枪法是没啥说的，远远地看见有狍子的身影，那是嘎嘣脆地手抬枪响狍子倒。吴老二一看狍子倒了，脚一蹬，踏着雪就跑了过去。到了跟前一看，傻眼了，吴老二心里不停地嘀咕着，这是怎么个情况啊！

只见被枪打倒的狍子身边还趴着一只狍子，正用无辜的眼神和吴老二对着眼。吴老二看着狍子直迷糊，怎么又冒出来一只狍子呢？难道是二秃子一箭双雕，一枪打着了两只狍子？那也不对呀，倒下的狍子身上有枪眼正流着血，这只狍子身上没有伤啊！

"这都见了鬼了！打这么多年猎，还没碰见过这样的情况。你们赶紧过来看看！"吴老二大喊着。

两只傻狍子绝对不是因为感情深厚，被打死了一只，另一只不肯走要跟着殉情的，而是两只狍子的腿被人拴在了一起。一只被打倒了，另一只也只好无辜地留下来等死。

由于山上的积雪厚，两只狍子被绑着的腿埋在了雪窝里，所以吴老二他没看出个究竟，还以为是见到鬼了。等二秃子他们来了，把死狍子抬了起来才发现了其中的端倪。

二秃子说："谁这么有才，把两只傻狍子拴在一块扔山上了！"此时，那活着的狍子大概也在想："还有谁能把我们拴一块，我可是让你们这群人中的那个极品傻狍子给害苦了啊！我能有今天这个狼狈样，准是我上辈子造孽了啊！"

一看到这两只拴在一起的傻狍子，人群中的狗剩的有点待不住了。他是走不是看不是的，脸红得和猴屁股一样直往人群后躲，明显反常。也就是狍子它不会说话，它要是会说话的话，准会一个高地蹦起来指着狗剩的破口大骂："就是这个傻狍子

上山的兔子，下山的猪

干的！"

　　原来，就在前几天，狗剩的才刚刚结婚。我们这地方有个习俗，新结婚的媳妇过门三天后得回趟娘家住两天。狗剩的媳妇是邻村的，所以他送媳妇到了娘家吃过晚饭后自己一个人往回走。那天晚上狗剩的还陪着老丈人喝了点小酒，狗剩的因为高兴，这酒喝得有点高了。

　　当他晃晃悠悠地走到村前的大河套时，天已经是大黑了。他迷迷瞪瞪地听到河套的冰上嗒嗒地有动静，这要是按往常就凭他那个胆子是不敢去看的。要知道冬天山上的野兽没什么吃的，就会下山到村子里找食吃。这夜深人静的，打远看也看不见河套里有什么呀！要是碰上黑瞎子、野猪、狼什么的那不就完蛋了嘛！

　　狗剩的本该悄悄地溜回家睡大觉，可是他酒劲上来了脑子一热，傻狍子的好奇心也跟着来了，就想去看个究竟。于是他酒壮英雄胆，抬脚凑了过去，这不看不要紧，一看就惊喜！原来是两只傻狍子稀里糊涂地跑到河套的大冰面上走不出去了。

　　大家都知道狍子和山羊一样长着蹄甲，河套的冰冻得像镜子一样光滑，狍子的四个蹄子在冰面上站着都困难。这俩狍子走起路来直打滑劈叉，吓得它们趴冰上不敢动了。

　　狗剩的看着两只大活傻狍子，给他乐的啊。他心想，这下子可捡着了宝贝！正好自己杀一只好和媳妇过年吃肉，另一只送给老丈人过年用，这多有面子啊！可是这两只活狍子又怎么往家弄呢？去喊人来帮忙的话，狍子万一再跑了怎么办？再说了，还得给帮忙的人分肉不是？

　　狗剩的坐在冰上盯着这两只傻狍子，不停地挠着脑袋琢磨着该怎么办，琢磨来琢磨去的还真让他想出了个办法来。他解下腰上结婚时扎的红腰带，两头各拴在一只傻狍子的前腿上。他握住红腰带的中间一牵，两只傻狍子乖乖地跟着他就走了。

　　可是你想啊，狍子在冰面上蹄滑劈叉不敢跑，下了冰面它还能乖乖地跟着你回家吗？当然那是不可能的了。刚下冰面，两只傻狍子不约而同地一蹬腿，就把狗剩的一个趔趄拖到地上，而它们拼命地挣脱开狗剩的跑上山啦！

　　傻狍子没被狗剩的抓回家不说，他结婚时做的新裤子还被摔了个窟窿眼，连红腰带也被两只傻狍子带走了。如果不是今天赶巧碰上了这两只傻狍子，这丢人的事就是打死他也不会说出来啊！

八　暑假里的那点事

1. 写作业

对于每年寒暑的两个长假，上小学的我总是在刚开学的时候便望眼欲穿地盼望假期的到来。总觉得阳光灿烂的假期太过短暂，我的心里有着一种强烈的没过够瘾的感觉。

学校放了假，也就意味着老师不会来管你了。孩子们一个个自由自在的，别提有多舒服了。不用天天费劲脑汁地去写作业，也不用担心老师来检查作业，只要好好地琢磨着怎样才能玩得高兴就行了。

放寒假的时候，你可以上山去打爬犁坡，下河去滑拐子（也叫单腿驴），还可以到江边去玩冰车。只是东北的冬天实在是太冷了，在冰天雪地里玩这些东西难免身体上有些遭罪。

对我来说，更喜欢过暑假。即使在每年的暑假里，火辣的太阳把我细嫩皮肤晒成了古"铁"色——就是比古铜色黑上一倍的颜色，我也是美滋滋的心甘着情愿着。单凭这身颜色，你就能断出我绝不是一个宅在家里的男孩，而是一个闯荡在外的汉子。

　　完成每年的暑假作业，我和兴奎、世德、小龙几个分工合写，最后汇总一起抄。其它作业还好对付，就是语文的作文和日记让人头疼。这个不能互帮互助地去糊弄，还得绞尽脑汁靠自己去编去写。那时候对于我们来说，每篇作文和日记都是我们智慧的结晶。那可是我们一个个抓耳挠腮地在荒芜的脑海里抠出来的，在滴墨没有的胸膛里憋出来的。绝不像互联网发达的今天，老师让写点东西的话，孩子们随便上网一搜索就能照着写出本书来。

　　刚开始写日记的时候，大家还是能够一本正经地去对待它的。不论是在谋篇布局，还是在语句的运用上，都能够严格认真地按照老师的要求去做。只是写上两篇以后，人就变得油滑懒散了。谁也不愿冥思苦想费那脑细胞……不对！应该是谁也没有那脑细胞可浪费啦！日记很自然地伴随着人态度的转变，也跟着变成了千篇一律的流水账格式。

　　今天中午我蹲在坑（炕）上狼吐（吞）虎咽大口大口吃完牛（午）饭，找同学兴奎，小龙几个人拉帮结伙轰轰列列（烈烈）一路唱歌学习雷锋好棒（榜）样来到世德他爸单位帮打扫卫生，兴奎扫地、我也打水小龙还麻（抹）玻璃，我们干得满头大汉（汗）也不怕累不怕苦，不一会儿就把世德他爸破烂破烂的单位打扫干净（净）了，就在这个时候，太阳好象（像）在对我笑，小鸟好象（像）在对我叫，都夸我是个好孩子好学生，我很感

上山的兔子，下山的猪

到高兴很感到光荣很感到自豪很感到骄傲，因为我是少先队员红领巾祖国未来的花朵，这些都是我应该必需（须）作（做）的，老师说劳动的人最光荣，啊！这是多么令人愉快激动有意义的一天呀！

第二天我就接着写，昨天帮世德爸爸单位打扫卫生，今天受到他爸单位叔叔和阿姨的表扬什么的。一个故事怎么也得编上个三五篇来凑数，要不一个暑假几十篇的日记你有什么可写的啊？我们可不敢把每天玩的打鸟、抓鱼、洗澡这些事写进日记里。写给自己的日记也挺好的，等老了的时候翻出来看看，回忆下自己美好的童年。这日记又不是写给自己看的，这可是写给老师看的。要不谁没事去写这个，玩的时间还不怎么富裕呢。

我们都知道不能只从一只羊身上拔毛，也不能天天去世德爸爸的单位打扫卫生。感觉世德爸爸的单位已经没有卫生可打扫的时候，我们就换个单位，去给兴奎爸爸的单位打扫卫生去。当然，下一篇日记的格式和内容完全是参照世德爸爸单位的版本再来上一遍。

如此这般，写完给五六个单位打扫卫生的故事，这个假期也就结束了。想想还真是够辛苦的了，一个假期我们啥也没干，光去做好事打扫卫生了。

本想前几篇日记写得挺好，老师就不会再往下看了，红圆珠笔一挥，来个"优秀"、"良好"什么的就算是完事了。谁知道，等日记本发下来，我们傻了眼。

老师评语："你们几个真是辛苦了，天天去学雷锋做好事。既然这么热爱劳动，老师就成全你们了，班级这学期的卫生就交给你们来打扫了。"

得！这劳心伤神好不容易才写出的日记，不仅没能交差，反而揽了个大工程。

作业就像是一只绿头苍蝇，一到放假的时候它就会飞到你身边，围着你嗡嗡嗡地转，让人挥之不去、见之恶心得直发烦。不过，再怎么着也不能因为一只苍蝇，就把美好的假期给毁了。不是有句话说得好吗——"少小不去玩，老大徒伤悲。"你不仅要大胆地出去玩，更要开动脑筋，勤奋刻苦地琢磨着怎样才能玩好。

"玩"才是硬道理。

2. 掏鸟窝

夏日炎炎，万物繁盛，鸟这种动物又开始下蛋孵崽了。白天老鸟一般都飞出窝打食吃去了，留下毛未长全、光着腚子的鸟崽子正好可以掏来玩。有个鸟崽子玩，足以令你乐呵上三五天的。

兴奎这家伙在粮库的库房檐下发现了一个斑鸠窝，便天天跑去仰着个脖子看老鸟有没有下蛋孵鸟崽子。其实他根本够不着，那大库房足有七八米高，怎么可能看到鸟窝里有什么东西呢？他还不敢架梯子爬上去看，并不是兴奎胆子小怕高，是因为他担心爬上去看了鸟窝会惊到老鸟。老鸟要是受到了惊吓，恐怕就不会下蛋孵鸟崽了，甚至会弃窝而去。

要说功夫还是不负有心人的。这一天，兴奎终于听见房檐下传来他梦寐以求的鸟崽子的叫声。兴奎暗自高兴，心想：盼星星，盼月亮，我总算是把你给盼来啦！

小四的一听有鸟崽子在叫，跃跃欲试地要找梯子端鸟窝。兴奎一把拉住小四的，拽着他回头就往家走。

小四的纳闷地问："兴奎啊！有鸟崽子怎么不掏呢？"

"掏什么掏啊！刚孵出的鸟崽子太小了，不抗玩，玩不上两天就死啦！等大点再掏，还能玩得长久点，玩完了还能吃。这屁大点的小崽子也不能吃。"兴奎答道。

兴奎掐着手指数着日子，他觉得掏鸟的时机成熟了，再不掏鸟崽子都会飞了。于是他把我、世德、小龙、小四的喊来，跟着他一起去粮库掏鸟。

在粮库前的大道边我们碰见了初中生滑头，他是我家附近的孩子王。抓鱼、摸虾、打鸟什么的，他是无所不能，样样精通。可以说，他在玩这一行里是大神级的人物了。一听我们说要去掏鸟，他二话不说地入了伙。

有了滑头这个大神的助阵，想必兴奎掏鸟的宏图大业，定是眨眼可待。

粮库的大院可不是说进就能进的，大门口有门卫把守，外人没事是进不去的。好在兴奎他爸在粮库上班，几个门卫兴奎他都认识。他平常进出享受特殊待遇，即使带个人进出也并不难。只是今天呼呼啦啦地来了一群小崽子，门卫就不肯放行了。

兴奎脑袋瓜一转，对门卫撒了个谎，说我们是陪他一起来找他爸要钱买本写作业的。门卫一听写作业可是头等大事，可是不能给耽误了，大手一挥也就放了行。

到了有斑鸠窝的房檐下，滑头闭上眼睛听了听鸟崽子的叫声说："窝里肯定有两只鸟崽子，一公一母，不信咱们就掏下来看看。"

滑头指挥着大家把粮库里八米来长的大梯子搬来架上墙，他要亲自操刀爬梯上墙端鸟窝。他又让我们在下边把着梯子，撑开塑料布准备接鸟。

只见他身轻如燕，飞快地就爬上梯子。这时，窝里的鸟崽子叫得有些不对劲，凄凉的叫声令人发毛，大概是发现上来人害怕了吧。

滑头左手把着梯子，右手伸进了斑鸠窝。他边摸边说："摸到一只鸟崽子啦！我再摸下另一只。"

我们仰着头，扯着塑料布，正聚精会神地等着滑头往下扔鸟崽子。就听滑头"啊"的一声，从鸟窝里掏出一个黑长黑长的东西甩了下来，正落进了塑料布里。大家定眼一看，我的妈呀！一条大黑蛇正在塑料布里蠕动着身子，吐着信子，抬头看着我们呢！

"蛇！蛇！蛇！"吓得我们几个扔下塑料布，放开梯子落荒而逃。"啊！"滑头又是一声叫，接着他从梯子上摔了下来。

出大事了，我们一跑没人给滑头把梯子了，他本来就被突如其来的蛇吓得够呛，再加上梯子不稳，一下子从梯子上摔了下来。

等我们喊大人回来的时候，滑头一动也不动地躺在房檐下的沙堆上。他的右耳朵流着血，过了大半天才苏醒过来。好在梯子下面是一个大沙子堆，不然他从七八米的高空摔下来，基本上也就可以放弃治疗了。

现在的滑头，在参加亲戚朋友婚礼放鞭炮的时候，总是右手指夹着根烟，左手指堵着左耳朵，潇洒地站在一边。这是因为，当年的那次掏鸟把他的右耳朵摔聋了。

3. 憋鸭蛋

暑假里我们玩得比较野，疯疯癫癫地一跑就是一整天。大中午的谁也不回家吃饭——有那吃饭的功夫不如好好玩上一会儿了，吃饭简直就是浪费时间和生命。有句话不是说得挺硬的吗？"生命诚可贵，爱情价更高。若为自由故，两者皆可抛。"

那时候年幼无知的我们，对于爱情自然是不甚明了。爱情跟我们没有一毛钱的关系，完全可以忽略掉。对于"自由"这个名词，我们有着独到的理解——"自由＝玩"，所以自由与我们有着生死存亡的必然联系。如果不让我们去玩，我们一定会像掏来的小鸟一样，无论在精神还是肉体上，非得憋屈地慢慢死去。

人是铁，饭是钢，一顿不吃饿得慌。实在是饿急眼了，我们也绝不会"坐以待毙"。肚子是自己的，身体是玩的本钱。没有个好体格，又怎么能玩好呢？于是，不是去偷点黄瓜、茄子、洋柿子垫垫肚子，就是去偷点苞米、地瓜、土豆子啥的。然后大家跑到大江边拢上一堆火，烧烤着吃凑合一顿。

这天玩到中午又到了吃饭的点，兴奎说："洋柿子和土豆子这些玩意都吃得腻歪了，一吃就胀肚反酸水。咱们今天该换换口味了吧。"

小四的这个吃货一听这话，赞赏有加地连连道好，睁大了眼睛满是期盼地问着兴奎："兴奎啊！你说咱们今天吃点啥好呀？"

兴奎说："抓点蝲蛄、震点鱼吃多好。小四的，你再去看看江边养鸭子那家有没有人，没人的话咱们抓鸭子憋蛋吃。"

憋鸭蛋，干这事可不怎么地道，那是比较缺德的。但是对于十多岁的孩子来说，哪儿还有什么缺不缺德可言？只要有好吃的，谁会去管那些。

憋鸭蛋和人拉屎排泄的原理大同小异。人拉屎总会遇到各种各样的不顺畅，这时候你该怎么办？不用我说大家也都深有体会，也没有什么太好的方法，只能深憋一口气上下贯通地硬往外排。既然人能通过憋气的方法排出体内的垃圾，那么通过憋鸭子的气也就能排出它体内的蛋。这不是我大口一张满嘴胡咧咧，这可是经过我们实践论证得出来的结论。

有所不同的是，人的排泄是主动性质的，人自己就能完成。而憋鸭蛋完全是被动性质的，鸭子自己是完成不了的。再说，鸭子自己也不会这样干的，还得借助于人的外力才能完成。

憋鸭蛋有些过于残忍粗暴，要把鸭头按进水里不让它喘气，就会把鸭子肚里的蛋无情地给憋了出来。被憋出来的鸭蛋基本都是未发育好的软皮蛋。要知道瓜熟蒂落，水到渠成。发育好带着壳的鸭蛋，鸭子他自己会很自然地下出来，根本就用不着你费着力气去帮忙。

小四的飞快地侦查完养鸭人的情况，天助我也，没人在家。那还等什么？机不可失，失不再来，开始抓鸭子憋蛋吧！江边的鸭子被我们撵得那是鸭飞人跳，鸭叫人笑的。鸭子你再怎么跑也扛不住五个人来抓，总有点背的鸭子会落入我们那一双肮脏而又卑鄙的小手之中。

有抓一只的，有抓两只的，都忙乎着按在江水里憋鸭蛋。一看兴奎就是个憋鸭蛋的老手，他身手敏捷地抓了两只鸭子，很快地，两个鸭蛋落入了他的手中。我和世德也各有一个鸭蛋的收获。小龙胆子太小，这活儿他干不了，跑大道上给我们把风去了。

小四的这时候有些跟不上节奏了，他抓了只鸭子憋了半天也没憋出个蛋来。他一脸疑惑地拎起鸭子对兴奎说："兴奎啊！

我这只鸭憋了半天就憋出摊屎来，怎么就是憋不出蛋啊？

兴奎一看，开口就骂："说你吃啥啥不剩，干啥啥不行，你听了还不乐意，撅个腔的不服气。你抓的是绿头的，那是公鸭子！你要是能憋出蛋来都见鬼了！"

小四的挨了兴奎的骂，一股火全发泄在这只绿头公鸭身上，气哄哄地一甩手把鸭子扔进了江水里。只见这鸭子仰躺在水里，一动不动地顺着江水缓缓向下流去。完了！小四的这下子算是惹祸了，鸭子一定是被他给憋大劲了，活活地给憋死了。

小四的看鸭子已经死了，漂在江里臭掉那不是白瞎了吗？干脆一不做，二不休，下水捞出鸭子烤着吃得了。大家用衣服裹着鸭子和鸭蛋跑到江弯子偏僻的柳树林里，整些干柴点上火把鸭子烤上了。

这顿鸭子吃得我提心吊胆。鸭肉烤得一面糊黑糊黑的，一面还夹生带着血丝儿。吃得我是跑肚拉稀的，拉屎更是顺畅得不得了，根本就不用憋半点的气儿。

鸭子的口感特别好，让我记忆犹新，想念至今。我曾尝试着几次买回鸭子烤着吃，然而却怎么也做不出当时的那个味道来。我想，大概是缺少一种叫"贼性味"的调料吧。

九　智抓山猫

山猫也叫山狸子，是一种性情凶猛的豹猫。这种动物要是进了村子，鸡、鸭、鹅这些家禽就算倒霉了，必遭灭顶之灾。它虽然吃不了几只鸡鸭，但会把活的家禽全部咬死，只带一只偷偷地离开。

俗话说"不怕贼偷，就怕贼惦记。"只要是山猫惦记上了你家的鸡鸭，要是不把它们杀绝了，它是绝不会算完的。虽然它的主食是吃老鼠这种有害的动物，可它对人类的危害程度一点儿也不比老鼠低。

小时候，有一对山猫反反复复地闹了我们村有两年多，令村民们气得咬牙切齿还头疼不已。它俩几乎把村子里的鸡鸭祸祸得一干二净，在短短的两年多就咬死了五六百只鸡鸭。可是谁拿它们也没有什么好办法，甚至在很长一段时间里，村民连家禽都不敢养了。因为养了也是白养，早晚还是逃不过它俩罪恶的猫爪。

一般的山猫长到七八斤就算是大个的了，可是这对山猫竟然长得足有十二三斤。它俩不但个头大，而且还不怕人。它们出入村里成双结对，秀着恩爱，很少单独行动。

你要是在晚上两手空空地碰见它俩，在十米八米的范围之内，人家都不带鸟你的，一副"爱咋咋地"的样子。只有当你走近它俩的时候，人家才会扭着屁股迈着猫步，一步一回头，很不情愿地离开——它们就是这么的嚣张任性。

记得有一天晚上，我和几个邻家的小孩刚看完一个野场子电影往家走。那晚电影放的是一个恐怖片。电影里有一个特别恐怖的镜头，一个缺了身体的人脑袋瞪着大眼满地乱跑。

回家的路上，我控制不住自己的思想，一直想着电影里的那个镜头。我闭上眼睛是人脑袋，睁开眼睛还是人脑袋。感觉那个令人恐惧的脑袋总也摆脱不掉，就在我眼前晃来晃去。我的内心恐惧万分，浑身直发抖。

当走到村里的大墙边时，就看墙上有个脑袋那么大的黑影在动。我以为看花了眼，还是电影里的场景。突然，就见那个黑影扭头闪着两道绿光射向了我。这把我们几个小孩吓得"妈呀——妈呀"一顿乱叫，拔腿就跑。我没跑稳当，被石头绊了一跤摔倒在地上，当时感觉头皮都要炸开了。

这时候，其他的小孩早跑得没了踪影，只剩下孤孤单单、战战兢兢的我。我不知所措地随手抓起块石头朝着绿光扔了过去。石头"啪"的一声打在了墙上，黑影带着绿光一声厉叫从墙上跳到了道上，往山上逃走了。我这才看出这团黑影就是那

上山的兔子，下山的猪

对山猫其中的一只，它要是不跳下墙的话我还真认不出它来。被山猫这一吓，我眼前电影里那个人脑袋竟然奇怪地消失了。脑子里又想起可恶的山猫来，知道是山猫在墙上作怪，也就没什么好怕的了。心里不害怕了，精神也跟着松懈下来。我感觉左手在隐隐作痛，借着微弱的月光凑近眼前，才看到手被划了道口子。裤裆也让路边的铁丝网刮开了，一阵晚风吹来，裤裆里冷飕飕的。哎呀！丢死人了！气得我小心肝隐隐作痛。我恼羞成怒地对着远处的群山暗自发誓："山猫！咱们走着瞧。这就算是结下仇了，我非得干掉你俩不可！"

这两只山猫祸害村民也不是一天两天的事了，大家能想的办法几乎都想到了。下套子是不管用，它们早就知道怎么躲套子了。它俩也曾中过套子，但都狡猾地逃脱了，现在脖子上还挂着细铁丝呢！用枪打也不行，它俩看你手里拿个弹弓都得躲五十米开外。再说它俩身手敏捷，还没等你瞄准早闪没影了。下夹子更白搭，它俩警觉性极高，就像是成了精一样。到了下夹子的地方，它们就跳到高地躲过去了。

我从秋天落叶纷飞的时候，就开始琢磨着用各种方法来对付他们；可是直到冬天大雪封山，我也没能伤到它俩半根毫毛。一个偶然的机会，我发现这两只山猫对埋在雪下的夹子似乎并不怎么在意。因为它俩从我下在雪里的夹子上走了个来回也没发现有半点不妥，只不过夹子不争气没能翻起来。原来，东北的冬天气温太低，平均都在零下30多度。下好的夹子很容易

九　智抓山猫

跟雪冻在一起，这样夹子根本就翻不起来。即使夹子没被雪冻上，埋在雪的下面也就没什么灵敏度可言了。再说山猫还属于小型动物，走起路来格外轻盈，这样夹子也不会翻起来。

好不容易发现山猫的一个弱点，不解决雪冻和夹子的灵敏度，依旧还是行不通。这把我愁得直薅自己的头发，无计可施。

一天，我无意中看见邻居用塑料薄膜盖柴火，这一下子激发了我的灵感。有了！有办法啦！我可以在下好的夹子上盖一张白纸，再往纸上撒点雪，这样不就可以解决夹子上冻和不灵敏的问题了吗？想到了就要去试一试，于是，我在山猫下山的必经之路上选了个两棵树之间有小空档的地方，把雪抠开小心地下上夹子，再用绳子把夹子拴树上，最后盖上白纸撒上细雪，只等着山猫来踩夹子。

那天的后半夜，我家的狗朝着山那边足足咬了一个来小时。我躺在热炕头的被窝里寻思，准是山猫中了我的圈套了。

天太冷，我也懒得出去察看。为了显摆显摆我的能耐，早晨起来特地邀请了几个邻家的小孩和我一起去看夹子。我们到地方一看，妈呀！满地都是血，拴夹子的绳子也断了，还是让它给跑了。不过，估计这只受伤的山猫也活不成了，它腿上带着个夹子还怎么捕猎打食吃啊？一准得被活活地饿死。

本以为我干掉一只山猫，另一只也就不敢来了。谁知道这只山猫变本加厉地祸祸得更凶了，也许它是在报复吧。这只山猫有了经验，再下夹子它也会躲了，而且它踩在雪地上的足迹也是越来越小。再狡猾的狐狸也斗不过聪明的猎人，经过我几天的观察又发现，这只山猫每天都会到一个小雪包上，四足并拢地站上一会儿观察周围的情况。这正是它最小心也是最大意的弱点，小心是说它不敢贸然行事，要在这里观察周围的情况。大意是说它光顾着四周而不在意脚下，因为它每天都蹲在同一个点上，这就说明它对这个点毫无戒备之心。

我依计在这个点上按老套路下好了夹子，用树枝扫去留在雪上的一切痕迹，尽量恢复原来的样子。雪包上没有树木可以拴夹子，我就把夹子拴在了一根一米多长的木棒子上。这是老猎人教我的方法，山猫要是中了夹子想逃跑，只要跑到树木多的地方，木棒就会卡在两树之间，这样既可以消耗它的体力，又不会断绳子。

夹子下了一宿。第二天我去看，这只山猫它果然中招了。顺着它的脚印和木棒留在雪地上的拖痕，我一路追到半山腰也没能追上它，看来是木棒太短了，没能卡在树中间。在一处阳坡没雪的地方，山猫彻底没了踪迹。

活不见活猫，死不见死猫，我很是不甘心，再说我还搭上两个夹子呢。过了没多久，邻居上后山捡柴火时发现了这对带着夹子死在一起的山猫。它俩早没了往日的威风，瘦得只剩下两副骨头架子，耷拉着脑袋闭着眼，死得那叫一个凄惨！

老人们说，这对山猫被夹子伤了一只后，另一只偷了鸡就带回去喂那只吃，这样它俩还能够活下去。后来，另一只也被夹子给打了，它俩都不能出去打食吃了，也就被活活饿死了。不管它俩是被我的夹子打死也好，还是被饿死也罢，都是值得我骄傲的一件事。毕竟我除掉了这对危害乡里的祸害，也报了被它吓得刮开裤裆之仇。

可是，我看着山猫，却怎么也高兴不起来，心里有种说不出的滋味。因为，老人们还说，母山猫一定是刚下完崽子，它肚子上那两排干瘪没毛的大衣扣告诉了我们一切。

十　神人孙六指

　　孙六指在户口本上写的什么名字，我是不知道的。我也不想去知道，总觉得这个外号很符合他现在的自身特点。在大家正式管他叫孙六指之前，一直都叫着他的小名连柱子。

　　一提起孙六指这个人，在我们村可是无人不知无人不晓。就连邻村的人听到他的大名，也是一脸的惊叹。按辈分来说，他是我叔叔级别的。虽然没念过几天书，但是他心灵手巧脑瓜活。什么开车、修水泵、电焊的，只要他动手接触上几次，准能玩得滴溜溜地转。在这一点上，你不服都不行。不管他玩什么，在意识上可以说达到了神乎其神的境界，永远是个性鲜明与众不同的。

　　生产队里有个水泵房，天旱的时候人们打开水泵抽井里的蓄水，就能灌溉地里的蔬菜和庄稼。在水泵房的下面有个大水湾，入冬的时候总会有成群的野鸭飞到水湾里栖息玩耍。村子里拿枪打野鸭的人，把水泵房当做最好的藏身之所。

　　孙六指是生产队里的电工，所以水泵房的钥匙一直由他来保管着。谁要想到水泵房里打野鸭，必须得找他要钥匙开门。

　　有一次，我五叔找他要钥匙打野鸭。他一脸不屑地问我叔说："你的枪法再好，一天能打到几只鸭子？"我叔回答说："要是运气好的话，能打个三四只的吧。"他一撇嘴又说："这大冷天的，忙乎上一天才打这么几只，实在是太少了，没什么意思。你就等看我的吧，我给你五只鸭子，你别打了行不？"

　　我叔想：孙六指这是想借我的枪玩啊！人家都说这话了，不借看来是不行了。于是说："枪我可以借给你，但是出了什么事我可不管。"

　　孙六指看着我叔的枪鄙夷地说："打个鸭子还用什么枪？我可是丢不起那人啊！你就等着明晚穿上水裤过来帮我捞鸭子得了！"

　　我叔知道孙六指肯定不是在吹牛说大话，他平日里说什么准能做到。只是不知道他要用什么方法来打鸭子，还一下子就送我叔五只鸭子，那他孙六指得打多少只鸭子啊！

　　第二天晚上天刚黑，我叔便穿着水裤早早地来到了水泵房。没想到，孙六指比我叔到得还要早，已经在房里等上了。

　　我叔忍不住地问："孙六指，你要怎么打啊？"他回答说："等鸭子聚大群了再说吧。很简单的事，你一看就明白了。"

　　我叔听他这么说，也差不多明白了。心想，孙六指一定是等野鸭聚群了，要拿雷管炸鸭子，要不怎么敢说一下就送五只鸭子。因为他以前就用这招炸过鸟，一次炸了能有五十多只。

可是他四周找了一下，也没发现什么雷管炸药的。看来孙六指早就把雷管埋好了，就等着鸭子落入圈套引爆了。

等啊等，终于水湾里聚了有二十来只鸭了。只见孙六指不慌不忙地走到窗口，左看右看地看了个仔细，然后胸有成竹地说："没别的人，够干一票的了！"说完来到墙上的电闸前，用手向上一推闸刀。只听"砰"的一声，火花四射，电闸的保险丝立马被烧断了。他迅速地拉下电闸，得意地看着我五叔，手往窗外一指。我的妈呀！二十多只野鸭一只不少全部被电倒在水湾里……

以前对雷管的管理不怎么严，别人家过年放鞭炮，孙六指他过年放雷管，那可真是威力无比。有一次，孙六指在上坟的时候放雷管，一个不小心没放好，差点就把他家祖坟给炸平了。为这事，他没少挨家人的骂。

要说到抓鱼，下网用钩钓才是正道。可孙六指他是看不上眼的，嫌弃这些都是小儿科。他玩的是炸鱼，炸药都要自己亲手做，弄点锯末和化肥他就能炒出炸药来。不过，这炸药也不是那么好做的，有次失手差点把他家房子给毁了，就这样也没浇灭他炒炸药的热情。

马口鱼到了汛期的时候，那是一群一群、一片一片地浮在江面上。由于马口鱼特别的机灵，所以在用雷管炸马口鱼的时候都用半指长的引信。你点着火就得赶紧扔，数上三五个数准爆炸。这可不是一般人能玩明白的，也不是一般人敢玩的。可是孙六指他就好玩这一口，别人划船他用雷管来炸鱼。对他来说，一上午炸个百八十斤的鱼就像玩一样。

常在河边走的人，总有湿鞋的时候。一次，他和朋友划船去江里炸马口鱼。他刚点着了引信，鱼群突然没了。他忙着找马口鱼呢，就忘了扔手中引燃的雷管。这给划船的吓得直喊："快扔！快扔！"待他反应过来，雷管刚扔出手就爆炸了，右手五指就剩下个大拇指。都说能人伤在他的能耐上，孙六指就是一个活生生的例子。从那以后，就没人叫他小名连柱子，而是改口叫他孙六指了。

十一 自行车

自行车在八十年代还是一种比较奢侈的贵重物品，二百多块钱一辆的自行车并不是家家户户都能买得起，它当时的身价和现在的小轿车绝对有一拼。

我记得，那时的自行车主要有永久、凤凰、飞鸽这几个响当当的大品牌，按大小型号，自行车还分为男式和女式两种。男式的是横梁 28 型号，女式的是斜梁 26 型号。

我这一代人对自行车有着极为特殊的感情。给我印象最深的是，邮电局送信的叔叔脚蹬着一身绿漆、后架子上驮着两个绿布袋的自行车，英俊潇洒地飞驰在马路上。这给我羡慕的，双眼直勾勾地追随着自行车远去的影子。

我家那时有辆永久牌 28 型号的自行车。我父亲把它当个宝贝似的，每天下班回来都要仔细地擦拭一番，生怕风吹着雨淋着，再推进仓房里锁好。有时候，他还会给车子的链条和轴承上黄油保养。我眼巴巴从小学一年级一直看到三年级，也没能捞着这车骑上一圈。这不是说因为我太小驾驭不了自行车，父亲他老人家担心我摔个三长两短，而是他怕我把他的爱车给摔坏了。

自行车在字典里虽然被定义为一种交通工具，但对我们这些小孩子来说，它就是一个既好玩又时尚的大玩具。它能让我实现梦想，双脚离开地面，体验飞一样的感觉；它还能让我充满自信，狂转炫酷气冲天，感受到拉风的满足。

记得小学三年级的秋天，父亲终于在我的苦苦哀求下松了口，允许我推上自行车在家门口的小道上玩上一会儿。小伙伴们看我推着自行车出了大门口，玻璃球也不弹了，纸片也不打了，一窝蜂地蜂拥而上，唧唧喳喳地闹着要骑车玩。我还没骑着够，又怎么会轮得到他们呢？

我把车推到生产队打稻谷的场子，这里既宽阔又平整，正是个练车的好地方。根本就没人教我骑自行车，完全是靠自学成才。先是斜身练习掏裆法骑车，这种方法简单易学，最适合像我这样的小孩子。什么是斜身掏裆法？就是双手握住车把，一条腿从车的三脚架掏进去，斜着身子挂在车的一边，双脚蹬车的两个脚踏板来骑车。这种骑车方法很幼稚，一看就是小儿科。骑起来像开着个挎斗摩托似的，很难控制拐弯，弄不好就会摔个人仰车翻。

没几下的工夫，这掏裆骑车法我就学会并且玩腻了。我想学着大人那样坐在自行车的车座上风风光光地骑上一会儿。于是在小伙伴的帮助下，我颤颤悠悠地拤上了车大梁。这时，我

上山的兔子，下山的猪

才发现腿太短根本就坐不到车座上，坐上了车座脚又够不着脚踏板。只好采用胯裆法，就把胯骨裆在车梁上来骑车，脚尖这才勉强蹬到脚踏板，扭扭歪歪地骑走了车。嘿！这种骑车的感觉还真是不错，视野开阔，驾驭自如，能充分体验骑自行车的无穷乐趣！

可是，让我没有想到的是，"上车容易下车难"。个子不高的我，跨在车上双脚根本就够不到地面。脚够不到地面，我就没办法下车。我骑了足有一个多小时，累得有些受不了，就喊世德和小龙他们上来帮忙把住车，我好从车上下来。谁知道他们听后只是哈哈大笑，只是跟在我后面看热闹，就是没人肯伸出援手。

你想啊！胯骨裆骑在车大梁上，脚尖够着脚踏板，左右扭着身子蹬了一个多小时的自行车。俩大腿根都被车大梁给蹭出血泡了，那真是又疼又无奈，可车子根本就停不下来。没有办法，只能一圈又一圈地接着蹬，就是不敢停下来。既怕摔坏车，又怕摔的疼。后来连累加疼地实在是受不了了，看稻场边有个小沙子堆，也不顾不上什么了，咬着牙闭上眼奔着沙子堆就冲过去了。"咣当"一声，车子倒在沙堆旁，后轮还在呜呜地旋转着。人倒是一点事也没有，我从沙堆上爬起来，仔细看看车，车的把手被摔歪了，车镫子也被摔弯了。世德他们也不笑话了，都跑上来帮忙把车扶起来。车把手还好修，我用双腿夹住前车圈，世德上来扳扳车把也就正过来了。可是车镫子我们可修不了，就这样把车推回家准得挨削。我也顾不上大腿上钻心的疼痛，赶紧找地方修车才是正事。世德和小龙帮我推往修理铺，我拖着腿跟在后面。修车的大爷手艺不错，拿出个自己焊接的扳手往车蹬上一套，再一扳就给修好了。他还是一个讲究人，看我们一帮小孩也没要修理费。我记住了这位好心的修车师傅，在以后的日子里车坏了总是找他修理。

争强好胜是人类的本能，学会骑自行车的小伙伴聚在一起飙车玩是不可避免的。我、兴奎、世德和小龙这几个小孩子赛完公路赛胡同，赛完胡同赛山地，谁也不服谁。

一次，我们这些小孩又凑到一起玩赛车。赛车道在一个十米来宽、两旁是人家的土路上。远远地看见几个六七岁的小孩在道边看我们玩赛车，等车飞快地骑到了他们跟前才发现，这几小孩正在玩一种叫"练胆"的游戏。所谓的"练胆"游戏就是这些小孩等你骑车靠近他们时，突然一起拔腿从你的车前跑过去，按名次比出最大胆的和最小胆的。这种既无聊又危险的玩法也不知道是哪个"天才"发明的，像我这样在玩上被公认为比较上档次的人，竟然也曾有过想尝试着玩玩的冲动。

一看这帮小孩准备要往我们的车前跑，小龙吓得大喊："刹车！他们在练胆！"说时迟那时快，话音未落，这帮小孩子已经拔腿蹿到了车前。小龙反应快有准备，骑着他家的新飞鸽，车闸又好使，他前闸后闸一起勒，立马稳稳地站住了。

世德骑的是一辆倒闸自行车，本来车脚蹬往后轻轻一倒也能停住车。可是情况来得太突然，他车蹬倒得又太急，车子虽然是停住了，人却没能停下来，直接从车把子上空向前翻了过去。

兴奎骑的是一辆只有前闸的自行车，结果前闸猛然一紧，连人带车一起来了个前滚翻。

我骑的自行车根本就没闸，眼看着就要撞到一个在车前奔跑的小孩，急忙手握车把一拐，来了一个急转弯，朝着路边一户人家的大铁门就冲了过去。"哐"的一声，虚掩的大铁门就被我给撞开了。车撞进了院子，我一头栽进了院里的白菜地。

我们几个还算是不错的了，还有个更惨的，就是兴奎家邻居叫大虎的孩子。他看我们在玩赛车，就虎头虎脑地跟在后面也来凑热闹。因为个小只能掏裆骑车，结果他虎了吧唧的一头把自行车撞在了道边的木头电线杆上。更糟糕的是，他的车把手没有塑料把套，他的脸狠狠地撞在裸露的车把钢管口上，结果把他眼睛下方擦破了一块圆形的皮，顿时鲜血直流。这场面很是血腥惨烈。

那个带头玩"练胆"的小孩一看我们几个车翻人仰，想必是他知道这次玩大发了。原来想拿我们来练胆没练成，反倒是被我们给吓破了胆。只见他双腿一软就瘫坐在了道上，接着"哇"的一声就哭了起来。他这一哭不要紧，把我们这几个人也给吓蒙了。小龙支好车子，赶忙上前安抚这个小孩。

小孩这一哭，也不知道从哪里冒出来了五六个大人，一看

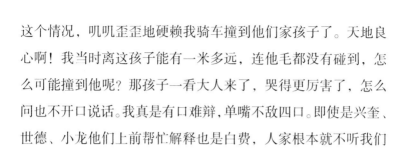

这个情况，叽叽歪歪地硬赖我骑车撞到他们家孩子了。天地良心啊！我当时离这孩子能有一米多远，连他毛都没有碰到，怎么可能撞到他呢？那孩子一看大人来了，哭得更厉害了，怎么问也不开口说话。我真是有口难辩，单嘴不敌四口。即使是兴奎、世德、小龙他们上前帮忙解释也是白费，人家根本就不听我们这些小孩子的。

　　那个小孩他妈说得更是离谱，一手掐腰一手指着孩子腿上一块发青的地方，一口咬定就是我给撞的。我们这几个人体无完肤，浑身是血的还没说什么呢！这就被这家大人一顿抢白，把过错全都推到了我的身上，真是屎盆尿盆的一起扣，躲都躲不掉。

　　正好有两个穿着警服、戴着大檐帽的警察路过。看了看现场，又简单问了问情况，便让我们先去医院看病疗伤，其他的事他们给处理。

　　我们几个人和那家人一起去了医院。我眼见大夫拿酒精棉给小孩腿上淤青的地方一擦洗，那块淤青一下子立刻消失得无影无踪。真是太神奇了不是！这哪里是什么淤青，就是一块日积月累的泥渍。大夫再问小孩，小孩也说不出哪里疼痛。兴奎、世德、我都是皮外伤，大夫用双氧水清洗下伤口，再打了针破伤风也就完事了。只是大虎的伤势比较重些，大夫给他清洗完伤口打完针，脸上印着的圆圈还是不停地往外渗着鲜血。大夫又给他上了紫药水盖了块药布，还叮嘱他一周内不要揭掉药布，特别是洗脸的时候别碰到水。

最后这件事在警察调查下还原了真相，最终的结果就是那孩子玩"练胆"惹的祸，负主要责任，让他家的大人把我们十几块钱的医药费给付了，责令孩子他妈看好孩子不能在玩这种危险的游戏。当然，我们几个在道上玩赛车也不对，警察对我们也进行了批评教育，这事就算是过去了。

要说那时候的医疗水平，也真不好去给个评价。大虎脸上的圆圈伤口，因为当时医生给他上的是紫药水，又听医生的话用药布严严实实地捂上了整整一周，还怕沾上水连脸都没敢洗。使得紫药水渐渐地渗进了那个圆圈的伤口里，等伤好了以后脸上也就留下了一个紫色圈。这个圈就像变色龙那样神奇，先是由紫色变成褐色，后来又由褐色变成了青色，再后来又由青色变成黄色。

直到现在，这个圈还忽隐忽现地在大虎脸上留着痕迹。也正因为那次赛车造成的伤，他喜得一个温文尔雅、韵味悠长、很有诗意的外号——"圈儿"。

十二　借鸭生蛋

　　这是一个充满着极具人类聪明才智的小故事，虽然走的是歪门邪道，是耍小聪明投机取巧的典型反面事例。这事不仅不能提倡和发扬光大，甚至要坚决地去抵制和批评反对。但是这件事对我来说印象深刻，一直铭记于心，因为它绝对是我从小到大亲眼所见过的最能体现人类"智慧"的故事。

　　要说我和兴奎、世德、小龙、小四的他们到江边抓鸭子憋蛋吃的事儿，那只能算得上是小儿科的小把戏。为了能解馋吃上个鲜鸭蛋，兴师动众，又是满江边乱跑扑腾着撵鸭子，又是安排专人观敌瞭阵的。吃一次蛋下来，不仅把自己吓个半死，还把鸭子祸害得够呛。我们只是为了一个鸭蛋就绞尽脑汁地去胡乱折腾，费尽周折，却常常收获甚微。

　　可就有这样一个高人，他不仅能轻而易举地吃到免费的鸭蛋，而且人家吃不了还能拿出去卖，挣点零花钱，这让我深感自愧不如，对他佩服得五体投地。这个人就是大名鼎鼎的斌哥，在我儿时的眼里，他可是一个极富有传奇色彩的人物。

上山的兔子，下山的猪

　　斌哥要比我们大上八九岁，当我们还是黄嘴丫的小毛孩时，人家早就开始在社会上混了。每当我们走在上学的路上遇见他时，都会原地站好，毕恭毕敬地对他喊声"斌哥！"而他呢，总是习惯性地一手插着裤兜，一手夹着根过滤嘴儿，长长地吐出一口青烟儿，然后朝我们一瞥，再轻轻地点下头，算是给你回过招呼了。然后，迈着慵懒而又略带轻盈的脚步，飘飘然地离开。

　　斌哥基本不带我这伙人玩，道理很简单，人家是60后的人，而我们是70后的。打个比方来说，就像是柔道60公斤级和70公斤级比赛一样，那根本就不是一个级别的。

　　让我们羡慕的是，斌哥家不养鸭子，可他从来不缺鸭蛋吃，偶尔还能去集市卖上一筐鸭蛋。这些用我们那笨拙的脑袋瓜是根本无法参透其中的奥妙，这也是我们最羡慕、嫉妒，还带点恨的地方。谁也不知道他的鸭蛋到底是打哪儿来的，反正人家就是有着吃不完的鸭蛋。

　　对于斌哥的鸭蛋来路，吃货小四的是最上心的。他每天围着斌哥前后左右地转，费尽心思地去讨好斌哥。小四的这点小心眼儿，那是"司马昭之心，路人皆知"。我不用转脑袋瓜也能猜到，他这么做无非就是想跟斌哥学白吃鸭蛋这门绝活儿。

　　然而，即使他天天围着斌哥鞍前马后地转，还是没能从斌哥口里打探出鸭蛋到底是从哪里弄来的。小四的急着想吃热乎的鸭蛋，几乎就要跪下正式跟斌哥拜师学艺了。斌哥也是看他饥一顿饱一顿的有些可怜，而且对这件事还是很有诚心的，这才小心谨慎地对小四的说："我可以教你怎么干，但是一定要听我的话，这事说死也不能说出去，更不能说是我教你的。顶多弄几个鸭蛋自己吃，再留几个给我进贡，千万别多弄出了事。"

小四的一听这话，喜出望外地指着天发了三遍毒誓，又拍着胸脯反复地下了保证，弄到鸭蛋绝不一个人独吞，还要拿出些来孝敬斌哥。

斌哥觉得小四的还算靠谱，于是他眉头紧锁，长吐出一口青烟，然后悄悄地对小四的说："明天中午 12 点半，你独自一个人带把铁锹在江边的小道那里等着我，我教你怎么干。这事天知地知，只能咱俩知道，明白不？"

小四的信誓旦旦地说："斌哥，你只要教我怎么弄鸭蛋，你就是我的亲哥，我绝不会干出卖你的事儿！"

"滚犊子！你亲哥什么玩意儿，他能和我比吗？你要是再这么说，小心我削你知道不！"斌哥有些得意，还有些生气地回答道。

斌哥是什么人？那绝对是高人中的高人，他怎么可能把自己的一身绝学和主要根据地全盘托出地告诉小四的这个无名小辈？斌哥很自然地留了一手，这不仅是为了保护自己，也是考验一下小四的这个家伙。

中午时分，斌哥和小四的在江边的小道上如约而至，他悄悄地把小四的带到江边一户养了三十多只鸭子的人家附近。斌

上山的兔子，下山的猪

哥瞪着贼亮的眼珠子，经过一番仔仔细细、认认真真地观察后，确定了养鸭这家人中午睡觉了，江边也没什么人走动之后，这才左顾右盼，鬼鬼祟祟地带着小四的来到江边的一处深草丛。

斌哥选了个地面留有鸭爪印记和鸭屎多的地方，一把抢过小四的手中的铁锹，迅速地挖了个宽和深都有 20 多公分的坑。然后，他命令小四的捡来一些软草铺垫在坑里，又用手扒拉着草丛，尽量地恢复原来的样貌，并在草丛中留出个窄窄的小道。

做完这一切，斌哥领着小四的一副若无其事、潇洒自然、趾高气扬的样子离开了。在往回走的路上，斌哥悠悠地吐着烟圈儿，又不放心再三地叮嘱小四的说："下午你去抓点小鱼小虾，趁没人注意的时候把鱼虾撒在我们做好的窝附近，记得草窝里一定也要扔几条。连着扔个四五天也就差不多了，过不了几天肯定会有鸭子进草窝里去下蛋。记住去取蛋的时候别让人看见，最好晚上天黑没人的时候去拿蛋。还有，别忘了弄到鸭蛋要给我进贡！"

小四的当然牢记着斌哥的话，当圣旨一样按斌哥的要求严格执行操作着。还真是神奇啊！没用上一个星期的功夫，果然陆陆续续地有鸭子开始往草窝里下蛋了。有时候一天能捡到一个鸭蛋，有时候能捡到两三个，反正能保证小四的每天都有鸭蛋吃。这可把小四的美坏了，这鸭蛋给他吃得美滋滋的，吃的他是红光满面，嘴角直流蛋黄油。

对于一般的小孩子来说，一天能有一两个鸭蛋吃，那是谢

天谢地，相当知足了。但小四的这个吃货，他是越吃嘴越馋，越吃胃口越大。小四的是什么人，他可是为了口玉米面饼子，宁愿舍弃生命的主儿啊！渐渐地，每天那区区的两个鸭蛋，已经不能满足他日益膨胀的欲望了。吃着吃着，他就觉得不过瘾了。

俗话说，"师傅领进门，修炼靠个人"。贪婪的小四的一心想把借鸭生蛋这个活做大做强，妄想着能像他师傅斌哥那样除了自己管够地吃，还能再去集市上卖些鸭蛋弄点零花钱。于是，小四的禁不住又动起了歪脑筋，整个人也变得越加勤奋起来。

就在那段日子，小四的整个人像中了邪似的，一天到晚神神秘秘，谁也不知道他在忙些什么。就连他的直接领导兴奎，也无法掌控他的行踪。

小四的还算是个有心人，弄来的鸭蛋除了供自己吃以外，他还会把攒着的鸭蛋定期拿给斌哥进贡，偶尔也给兴奎送上两个。

兴奎对小四的这招空手掏鸭蛋的本领也产生了浓厚的兴趣，三番五次询问他鸭蛋到底是怎么弄来的。怎奈小四的嘴把得严实，只是笑呵呵的，死活也不肯说出其中的奥妙。在这件事情上，那真是谁也别想撬开他的那张铁嘴了。

要想人不知，除非己莫为。没过多久，小四的借鸭生蛋的勾当便暴露了。虽然没人抓到小四的手腕，但是这件见不得人的事情还是被人发现了。

上山的兔子，下山的猪

　　江边那户养鸭人家的大婶逢人就说："也不知道是哪个缺德的玩意儿，在我家房前的江边整整做了十三个窝，害得我家鸭子都不回家下蛋了。这鸭蛋都快丢光了，真是缺老德了！"

　　这话荷花泡的养鸭专业户听到了，倒是也给他提了个醒。这个养鸭人围着泡子仔仔细细地找了几圈，竟然也找到了三个隐藏在草丛里的鸭窝。

　　从此以后，斌哥也就没有鸭蛋吃了。原来，斌哥的根据地就在这荷花泡。他当初怕小四的出事，就留了一手，没敢告诉小四的他弄鸭蛋的地方。谁知道随着小四的江边根据地的暴露，竟然还连累到他苦心经营的荷花泡根据地。这让他始料不及，可以说真是把他的肠子都给悔青了。

　　事后，每当提及此事，斌哥总是一副追悔莫及的样子，愤愤地吐着烟圈说："早知道有这么一天，我还不如当初一天白给小四的两个鸭蛋吃得了！我干吗要教会他呀！'教会了徒弟，饿死了师傅。'这话说得真是一点都不假啊！"

　　我总觉得这事也是"盗亦有道"的一种注解吧。

十三　蛤蟆与猴子

在我们这里管青蛙也叫蛤蟆。其实，青蛙就是青蛙，蛤蟆就是蛤蟆，青蛙和蛤蟆还是有一定区别的。我在这个故事里所讲的蛤蟆，指的就是青蛙，绝不是"癞蛤蟆想吃天鹅肉"中的蛤蟆。

小时候嘴馋，像我这样的小孩子几乎都吃过蛤蟆。简单的吃法是把蛤蟆埋在炭火里烧熟，然后小心翼翼地剥开蛤蟆的肚子，找出苦胆和肠子，轻轻地拽出扔掉，接下来就可以美美地享用啦。特别是蛤蟆籽和蛤蟆油，那是越吃越香，越嚼越有味道，营养丰富，对人体还有大补之功效。

高级点的吃法就是扒去蛤蟆的皮，只留下一对大腿；再去荷花泡捞上几根莲藕，洗净切成片。蛤蟆腿炖藕片，加上油、盐、酱、醋，那味道还是极好极好的。第一次享用蛤蟆腿炖藕片还是在兴奎家。吃过一次后，那种特殊的味道便深深地留在了我的唇齿之间。

到了夏天的夜晚，房前屋后的蛙鸣一片。一听到蛤蟆的叫声，一下子就唤醒了我肚子里的馋虫。这肚里的馋虫一旦觉醒，就别想睡好觉了，眼前总有着无数对蛤蟆腿在晃动，鼻孔深处总有股蛤蟆炖藕片的香香的气息。

周日，我一大早从炕上爬起来，翻出鱼钩尝试着绑把钓蛤蟆的专用锚钩。这是我看到码头上的船锚受到的启发，想做一把这三面带钩的锚钩来钓蛤蟆。我想就算是蛤蟆不咬钩，也能用锚钩把水里的蛤蟆给挂上来。

话说馋虫这玩意可能带有传染性和爆发性，当我拿着新发明的钩子来到荷花泡边正准备跃跃欲试的钓蛤蟆时，远远的就看见兴奎他们已经在泡边钓上蛤蟆了。

小龙和世德手里拿着架黄瓜的棍子当钓竿，用大头针做钓钩，再用白线绳当钓线。线的一头绑在钩上，另一头绑在棍子上握在手里。

兴奎玩得比较高，他钓蛤蟆不用钩，也不用线，更不用竿。他手拿一根叶尖系个疙瘩的长芦苇叶就能钓蛤蟆——蛤蟆要是咬上叶尖的疙瘩，他用力向身后猛地一甩。蛤蟆还没明白是怎么一回事，已经被他抢飞在半空中，接着"啪叽"一声摔落在他的身后，即使没被摔死，也被摔个半昏。

小四的拎着袋子赶忙蹿上前去，一弯腰，再一伸手，"噗！"又一声，蛤蟆便轻轻松松地落入了他手拎的袋子里。这两个人配合的那是心有灵犀，默契无比。一小会儿的功夫，就有三四只蛤蟆出水上岸，成了他俩的囊中之物。

我走上前去嘿嘿地嘲笑着他们说："你们几个赶紧把手里的破家伙都扔了吧！今天就让你们好好地见识一下我发明的新武器！"

我把用三把鱼钩拴在一起的船锚状钩放在手心里，牛气哄哄地端送在兴奎眼前。世德和小龙他们也凑上前来看我手心中的锚钩，他们哪见过这种钩啊！这给他们看得一个个都傻了，大眼瞪小眼，估计他们心里直嘀咕，也不知道我这宝贝到底有多大的威力。

俗话说："是骡子是马，牵出来遛遛。"光说不练假把式。用我这锚钩钓蛤蟆那还真不是吹的，连着抛下去三四杆都没跑空，几个大蛤蟆不是被钓到就是被挂住，都乖乖地上了岸。用我这锚钩钓蛤蟆，蛤蟆算是倒了霉了，它们是没个跑！

先把钩挂上虫子，在蛤蟆眼前逗来逗去，你不用在乎蛤蟆咬钩还是不咬钩。如果蛤蟆不长眼神，就不去咬钩。你只要提着竿线轻轻地把钩移放在蛤蟆下巴底下，再一提竿，蛤蟆一准就被挂了上来。

我这锚钩刚刚下水，便尽显锋芒，让兴奎他们眼界大开。他们佩服得那是五体投地，纷纷上前央求我，也要试试这新武器的厉害。

有了此利器，钓蛤蟆大业谈笑可成。大家轮流着钓，空闲着的人就去泡边四处寻找大母豹子（母蛤蟆）。小四的笑嘻嘻地问兴奎公狗子（公蛤蟆）和母豹子到底有啥不一样？

兴奎没好气地说:"你可真是够笨的,蛤蟆这一天到晚的让你吃了不少,连公狗子和母豹子都整不明白,你还能干啥呀?你给我记住了,公狗子脑袋两边长着两个软蛋蛋,它一叫那两个蛋蛋就鼓起来了,没长蛋蛋的就是母豹子。"

兴奎给小四的上了生动形象的一课,这给小四的听的那是如拨云见日,茅塞顿开。他先是一脸疑惑地把手伸进装蛤蟆的袋子,摸出两个蛤蟆仔仔细细地看了一番。然后他又是一脸惊讶地竖起了大拇指对着兴奎说:"兴奎哥,你太厉害了!你说的一点都没错,还真就是这么回事!我上了几年学了,这事儿老师都没教过!我这书算是白念了!"

兴奎得意地回道:"老师怎么可能教你这些?老师也不钓蛤蟆玩,他上哪里去知道这些?老师就知道语文和数学,论起钓蛤蟆他还真就赶不上我!"

小四的仰慕地看着兴奎,连连点头迎合着。他瞪着贼溜溜的小眼在水草中到处寻找母豹子。终于让他发现了一只,他激动地冲着兴奎喊:"兴奎!母豹子!大母豹子!"兴奎一扭头,一摆手,让他别吵吵,拎着我的锚钓竿蹑手蹑脚地走上前去,没几下子就把蛤蟆给钓上来了。

这蛤蟆钓得简直是爽极了,也就一个多小时的功夫,就钓了有四五十只,还全是大个的蛤蟆。这个成绩把小四的美坏了,他流着口水,拎着装蛤蟆的袋子一个劲地说:"兴奎啊!咱们钓够了吧!这都钓了一大袋子了,我都快拎不动了。咱们回家

十三　蛤蟆与猴子

去炖蛤蟆吃吧！"

　　小四的正臭美地念叨着，突然摸着脑袋自言自语地说："大晴天的，怎么就下雨了呢？"他一手拎着蛤蟆一手摸着头，仰着脖子往上一看，大喊一声："哎呀！猴子怎么跑出来了？"

　　我们顺声抬头一看，可不就是动物园的猴子吗？它正撅着红屁股，抓耳挠腮地蹲在小四的身后的树杈上。要说这动物园就在荷花泡的边上。动物园里其实也没什么动物，只有两只孔雀，两头狗熊，再就是十多只猴子。

　　猴子被关在一个大铁笼子里，我们放学后闲得无聊，常会到动物园去逗猴子玩。隔着铁笼子给猴子扔把花生、瓜子、碎麻花什么的，猴子就会从窝里飞奔出来争抢着吃。最有意思的就是猴子嗑瓜子，那一招一式和人一个模样儿，非常好玩。

　　小四的这个家伙，不但从来就不喂猴子，而且他还特别爱逗猴子玩。他用糖纸包块石头扔给猴子，欺骗猴子天真的感情；在猴子聚精会神嗑瓜子的时候，突然"嗷"的一嗓子，把猴子吓得一蹦高。

　　要说在智商这个方面，小四的确实要比猴子高出很多。这猴子让小四的给玩的，气得直瞪着眼睛，龇着牙，吱吱地直叫唤。看猴子那架势好像是恨不能钻出笼子跟小四的拼命，活活地把他给撕了。

　　要说在武斗这个方面，小四的还真就未必是猴子的对手。毕竟人家猴子有着神一般的传说呢，谁不知道猴子的老祖宗叫

上山的兔子，下山的猪

孙悟空啊！孙悟空的那身本事就更不用说了，那可是一只英勇善战的猴。只是现在这些猴子被关在铁笼子里，空有一身本领也施展不出来。正像小四的一边嘿嘿嘿地笑，一边对着笼子里的猴子喊："干气猴，你打不着！干气猴，你打不着！"

时间长了，满笼子的猴子算是跟小四的这家伙结下了仇。这不，跑出来的这只猴子爬上树，对着小四的脑袋瓜就撒了一泡骚尿，报了一箭之仇。

哎呀！小四的头上那个味道真是要多骚就有多骚，熏得人眼睁不开，感觉脑袋瓜子直迷糊。

小四的虽然是个受气包，但那也得分是谁给他气受不是？要是人也就算了，这猴给他气受怎能忍气吞声地就此罢休？

小四的火了，他心底那沉寂多年的小宇宙，瞬间就在这只猴子的刺激下，骤然爆发了出来。他指着头上的猴子高声怒骂："你这只猴崽子是活腻歪了，敢在我头上撒尿！今天我非得打死你不可，正好和蛤蟆一起炖了！"

小四的顺手在地上捡起一块石头，铆足了力气照着树上的猴子就撇了过去。猴子一看小四的玩远程攻击，它自然是不占优势。它灵巧地一闪身，躲过了石头。随后它又来了个漂亮的三连跳，飞一样地跳过几棵树。那动作一气呵成，潇洒自如，堪称完美。接着又来了个前空翻，纵身一跃下了地，舞动四爪嗖嗖就遛。

小四的背着蛤蟆袋子拔腿就追，一场人猴大战正在上演。

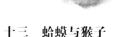

这场面给我们看得一个个都乐坏了，生怕错过了精彩，便紧跟在后面看热闹。

猴子第一次从铁笼子里跑出来，还不怎么熟悉荷花泡周围的环境。它还没跑出多远，就被小四的逼到了泡边木材仓库的死墙角。这个水泥墙角足有八九米高，猴子努力地爬了两次，都是刚爬到一半就滑了下来。这猴子爬树那是柔韧有余，面对这坚硬的水泥墙它只能束爪无策地望墙兴叹。

小四的看猴子被堵在死墙角，不慌不忙地左手拎着蛤蟆袋子，右手捡起一根木棍横在猴子面前。他一边比划着，一边嘿嘿地笑。他得意地对猴子说："你个小样儿，你给我接着跳啊！跳过去就是蓝天，跳过去就是自由！"

猴子一看这阵势，也有点懵了，毕竟小四的拿了根棍子。估计猴子心想：这下可完了，我要是落在这个坏蛋的手里，还不得扒层皮啊。在铁笼子里我就受尽了他的蹂躏，这在笼外还逃脱不了它的魔掌，我这命也是够悲催的了。得！横也是一刀，竖也是一刀，不能给大圣爷丢脸，只能拼啦！

小四的运棍如刀，先来了一招力劈华山。猴子也毫不示弱，来了一个懒驴打滚就势躲过，接着给小四的回敬了一招猴子偷桃。

小四的招式用老（过头的意思），回手不及，再加上只顾攻击，不兼防守，下裆空空无防。他躲闪不及，让猴子轻松得爪，正中下裆要害。这给小四的疼得"哇哇！"直叫，双手一撒，啥也顾不上了，死死地捂住小弟弟。

猴子一看，这招猴子偷桃对付小四的这家伙那是相当好使啊！它便又是一招猴子偷桃，接着又是一招猴子偷桃，一口气来了 N 招猴子偷桃。

这不能怪猴子只会玩阴，招招直攻小四的要害部位。看猴子的身高，再看看小四的身高，不管猴子使出什么招式，也难逃小四的裆部这个范围。

"刷！刷！刷！"一眨眼的工夫，小四的穿的大裤衩子，就被猴子挠成了孙猴子围在腰间的树叶裙。

小四的被挠傻了，闭着眼睛一顿乱踢。我们一看不好，纷纷低头弯腰找武器，准备对付猴子，替小四的报仇。

猴子见势不妙，心想，我猴子的救兵没到，小四的这坏蛋的救兵倒是先到了，这上哪儿说理去啊？得！四爪难敌多手，好猴不吃眼前亏。三十六计，走为上。占了便宜赶紧闪吧！

猴子一溜烟地顺着原路逃跑了，可看着小四的，他还闭着双眼，捂着裤裆，脚到处乱踢。

"别踢啦！还踢个什么劲呀？猴子都被我们给吓跑了！你这是活该，谁让你当初闲的总去戏耍猴子呢！"兴奎是又好气又好笑地说。

小四的睁开眼睛，左看看，右看看，看看自己，再看看地上，"哇"的一声哭着说："完啦！蛤蟆都蹦光了，手被猴子挠出血了，大裤衩也被挠成条了，我这样回家我哥还不得揍死我啊！"

兴奎说："就你那破裤衩子都穿了快两年了，早就洗松了，猴子不挠也该换了。回头去我家给你找条，正好我有条裤衩小了勒腰。行了，你可别哭了，多大点事呀！"

世德说："蛤蟆跑了，裤衩破了，那都是小事；猴子没真把你的桃给偷了去吧？"

小四的一听世德的话，吓得脸色煞白地赶紧摸摸裤裆。他摸着摸着就乐了。

"没丢，一点没少，全都在呢！就是被猴子给掏了一下，火辣辣地疼。要不是我反应快，两腿紧紧地给夹住，双手死死地给捂住，弄不好真就丢了！那猴子太阴险，净跟我玩损招，一个劲地偷我的桃。我小四的不是吹的，要不是我拎着蛤蟆……"

十四　洋火枪

　　"洋火枪"可不是什么"洋枪"，这两种东西虽然都叫"枪"，但是却有着天壤之别。洋枪那是一种具有杀伤力的战斗武器，而洋火枪根本就不是什么武器，它只是一种小孩玩具罢了。

　　洋火枪也叫火柴枪，大概是这种所谓的枪是以火柴当子弹来打着玩的，而火柴也叫洋火，所以这种枪就叫做洋火枪了吧。

　　是谁发明的洋火枪，我并不清楚。我想这洋火枪一定是中国人发明的，理由很简单，甚至有点荒唐可笑。因为我从小到大，就从没有在任何影视剧里看见过外国小孩玩这东西。

　　像我这样的 70 后，对洋火枪有着一份难以割舍的情感，更拥有着一段难以忘怀的美好回忆。小小的洋火枪曾给儿时的我带来无尽的欢笑与快乐，小小的洋火枪曾让儿时的我对生活充满了热爱与向往。

　　80 年代，商品物资还比较匮乏，市面上能买到的小孩玩具不仅样式陈旧，而且少之又少。于是，洋火枪便成了我们这些小孩子的最爱，被它那无穷的魅力深深地吸引而不可自拔。

男孩子天生狂野，爱玩刀、枪、棍、棒，喜欢打打杀杀。女孩子生性温柔，爱玩布娃娃，喜欢写写画画。那个年代的男孩子，受《地道战》、《地雷战》、《小兵张嘎》这些战争电影的影响，都梦想着能有属于自己的一把枪。他们总想着自己像电影中的八路军战士那样英勇无畏地保家卫国，冲锋陷阵地去杀日本鬼子。一把洋火枪，就能满足我们这些小孩子的愿望，圆了我们当英雄的梦想。

洋火枪是买不着的，你得自己动手做。要是你自己做不了，或者是不会做，那就得请哥哥、爸爸，甚至是爷爷来帮忙了。

制作洋火枪需要自行车的链条、辐条帽、橡皮筋和铁丝这些材料。先用铁丝做枪托、扳机、和枪栓，枪托最好按照真手枪的样式大小，做的越是逼真越好。再把砸好的车链子穿在枪托的长条上当枪膛，通常一把洋火枪用七八扣车链子正好。车链子少了枪打不响，车链子多了容易把枪栓打弯。枪头的那两扣车链子比较特别，得用锤子把辐条帽砸进这两扣链子的孔里当枪嘴。最后装上扳机，按上枪栓，套上皮筋，一把洋火枪就做好了。

洋火枪做起来不是很难，但是想要打响却也不容易，有些细节的地方也要注意下。打枪时，火柴杆穿过辐条帽的小孔在外，火柴头卡在枪嘴里。所以一定要把枪栓头按枪嘴的形状大小磨好，使它们充分接触。这样在打枪时，枪栓正好打在枪嘴里的火柴头上，这样才能保证枪响。气门芯的松紧也要调整好，

上山的兔子，下山的猪

松了枪打不响；紧了不好拉枪栓不说，还容易打坏枪嘴。还有就是要挑选粗细适当，正好能通过辐条帽孔的火柴，杆细了枪打得不响，杆粗了容易堵住枪嘴。

每年秋天开学，正是玩洋火枪的时候。不管是房前屋后，还是大街小巷、田间地头的，时不时地就传来"啪"的一声枪响。你不必紧张，也不必害怕，这可不是什么战争打仗，准是我们这些小孩子在玩洋火枪。

那时候的男孩子，基本上人手一把洋火枪。放学的铃声一响，男同学一窝蜂地跑到了空旷的田野上。大家"一"字排开，掏出火柴装上枪，"啪！啪！啪！"比着谁的枪响。

谁的枪要是造型逼真，精致美观，再轻扣动扳机，一枪就能打响，那可真是件非常牛气的事情了。谁要是手里有这样一把枪，那在别的孩子面前都得高人一等，享受着无穷无尽的羡慕与赞美。

洋火枪光朝着天放来比响，也没什么意思，还得比比威力。对着白菜打上两枪，对着萝卜也能打上两枪，再对着茄子还能崩上两枪……

打着，打着，又觉得没意思不过瘾了。这萝卜白菜，茄子辣椒的，毕竟不是什么活物。不管打上多少枪，也是不疼不痒，没个动静。还是找点活物来崩着玩吧！

自家的鸡、鸭、鹅、狗不能打，兔子不吃窝边草，不能对自己的东西下手。如果谁要是打了，不是缺心眼，就是要作死！

泡子里的蛤蟆也不能打，蛤蟆是人类的朋友，钓着玩还行，打着玩太不人道。树上的鸟可以打，可是距离太远打不着。

于是，有一种倒霉的动物便遭了殃，那就是人见人打的耗子。这个不但可以打，而且还可以往死里打！于是，耗子就成了我们练枪的活靶子。一只又一只的耗子在阵阵的"吱吱"哀叫中，插着一身的火柴杆，惨死在洋火枪下。

当然，学校和敬爱的老师是不让我们玩洋火枪的。玩洋火枪还是有一定危险性的，打别的地方还无关紧要，打到人的眼睛那可就出大事了。再说，洋火枪打的还是火柴，有枪就得有火柴，枪和火柴不分家。

小孩子兜里一天到晚的总是揣着火柴，谁敢说就不会作个什么幺蛾子，再弄出个什么事？每年都有因小孩子玩火柴而引发火灾的事情发生。所以，班主任老师经常对我们班上的男同学进行搜身检查，被抓住身上带着火柴的人，就会被罚站一节课。火柴都被搜出来了，洋火枪自然也是凶多吉少。

这样一来，胆子小的同学就不敢带枪上学了。他们不是把枪放在家里，就是把枪偷偷摸摸藏在上学路上的草丛里、石头下，还有墙缝中这些极其隐蔽的地方。等放学以后，再取出枪来好好地欢喜一番。

胆大的同学就琢磨着怎样把枪改小，便于随身携带隐藏。于是，洋火枪从七扣车链子的标准型，改到六扣的缩小型。再从六扣的缩小型，改为五扣的迷你版。

上山的兔子，下山的猪

想要枪小还能打响，就要在皮筋和火柴的选材上开动脑筋。经过我的反复试验，皮筋选用自行车的气门芯最好，韧性十足，松弛有度。火柴选用"喜"牌的黑头火柴为妙，柴头饱满，柴杆硬挺。在此基础上，我成功地将我的一把洋火枪，从五扣链子又改到四扣链子，而且还能打出七扣链子的响声。我的这把小巧玲珑的洋火枪一次又一次地躲过了老师的检查，这让我很是得意。

有一次，全校开展大规模的秋季搜枪缴枪整治行动。课间操后，所有年级的女生回教室，男生全部被留在操场上，各班级的老师挨个搜查自己班上的学生。

巧的是，那天早晨班级里的足球漏气，瘪了个大坑。世德是班上的体育委员，这事理所当然的由他来管。

于是，世德抱着足球就往老师的办公室走，打算去找体育老师借气管子和气针给球打打气。当他走到老师办公室的窗户下时，正听见校长在屋里给老师开早会，而开会的主要内容就是研究布置在课间操后统一开展收缴洋火枪工作。

这会给世德偷听的是心惊肉跳，大气都不敢喘一下。世德不愧是大家选出来的班干部，他这个班干部干的绝对是称职。在这生死攸关的节骨眼上，他首先想到的就是班上这些受苦受难的男同学。

世德抱着球蹑手蹑脚地离开了老师办公室，飞一样地跑回了班级。他背着班上的女生，迅速地把男生叫到了一起。

"世德！球没打上气你怎么就回来了，体育老师不在吗？"

"对呀！球没气也没法踢啊！气管子和气针就在体育老师的办公柜里。柜子从来不上锁，你自己去拿出来打气就完事了呗！"

"还打个屁气，你们还有心思玩球？出大事了，学校今天统一收枪。这次可是动真格的，校长让老师在课间操后先在操场上搜咱们的身，然后再到班级搜咱们的书桌和书包，谁也别想跑！"世德焦虑地说。

"哎呀！学校这次狠啊！看来真是跑不了了，多亏今天我没带枪。"

"我带了也没事，藏在学校外面了。"

"我的就别在腰里了，这可怎么办啊？"

"我的放在书包里了！"

"都谁把枪带学校来了？"

世德一统计，他、我、兴奎、小龙，一共七八个同学带着枪。得赶紧想办法把枪给藏起来，谁能心甘情愿地让学校把心爱的洋火枪给收走啊？谁的枪不是凝聚着主人的智慧与心血啊！

必须马上把枪给转移走，身上、课桌、书包，这些地方都不能放枪。学校的大铁门已经被锁上，没有请假条和老师的带领，看门的老头是不会让我们出去的，往校外转移枪也是行不通。班级里老师的讲桌下可以藏枪，但是有女同学在班级里，这也行不通。要知道有几个女同学是老师的亲信，就爱打男生的小报告。校园四周的墙根下也能藏枪，但也是行不通，弄不好枪还没藏好就让老师给抓了个现行。

这左也不行，右也不行。正当大家一筹莫展正着急的时候，兴奎镇定地说："带枪的拿上枪赶紧跟我走，要不就来不及了。"

兴奎领着我们来到男厕所。他挨个蹲位仔细地察看了一下，确定厕所里面除了我们这些人外再没有别人，又让小龙去厕所门口把风。

我们扶着兴奎爬上蹲位的水泥隔板，他站在隔板上踮着脚尖正好能摸到房上的横梁。一把把枪递到兴奎的手中，一把把枪安安全全地躺在了横梁上。

兴奎这个鬼点子真是绝了，老师做梦也想不到我们的枪藏在男厕所的横梁上，老师更不可能到男厕所来搜枪，老师她是女的啊！

兴奎得意地朝我们一笑，拍了拍手上的灰尘正准备来个漂亮的大鹏展翅飞下来。突然，隔墙的女厕所里传来了两个女生的说话声。这给兴奎吓得赶忙一猫身，双手搭着从水泥隔板悄无声息地顺了下来。

他惶恐不安地看着大家，压着嗓子小声地说："快走吧！不知道刚才墙那边的女生看没看见我。要是让她们看见了，赖我偷看女生上厕所就完了，我就是跳进荷花泡也洗不清了！"

可想而知，在操场上老师搜身的结果是颗粒无收。老师让我们老实地站在原地，喊了几个得意的女生接着在班级里又搜。

十四　洋火枪

我是看出来了，老师是抱着不搜出枪绝不死心的态度。别说是我们的课桌和书包了，就连班级的黑板后面、她的讲桌底下，甚至是门口的垃圾桶也被翻了个底朝天，就差没把后墙角的耗子洞刨开看看了。即使是这般折腾，老师还是徒劳无获。

老师怎能就此善罢甘休，她很自然地发了火。我们从操场上被"请"回了班级，虽然人从户外来到了室内，但是姿势还是没变，依然还是立正站着。班级里鸦雀无声，静得像一潭死水。以我的经验，一场暴风骤雨即将来临。

我低着头，斜着眼，不敢直视老师那冰冷的眼神。老师端起讲桌上的搪瓷茶缸，猛地喝了一口水。接着她拿起黑板擦，如同瞬间击发的洋火枪"啪"的一声拍在了讲桌上。

她声色俱厉地说："我知道你们每个男生都有洋火枪，怎么地，都改邪归正不玩了，都埋头学习争当三好学生了？你们这是当我好欺负是不是！上午的后两节课你们谁也别上了，都老老实实地回家给我拿枪去。在上下午课前，一人一把枪交到我手里。谁要是交不上来，那你也就别回来了。"

那天，我和班上的男生享受了前所未有的待遇，班主任老师亲自把我们护送出了校门。眼看着学校的大铁门"咣当"一声被看门的老头关上，一条粗长的铁链"哗哗"地又给缠上，接着一把大锁"咔吧"地又给拷上。

站在门外的我深深地懂得，不交洋火枪，恐怕是过不去这道门了。想想即将逝去的洋火枪，我的心如刀绞，沉痛万分。

上山的兔子，下山的猪

世上最痛苦的事，不是曾经有一把心爱的洋火枪放在你的面前，而你却没有好好珍惜。而是，你曾经拥有一把心爱的洋火枪，而你被逼无奈还要亲手交给老师。

思想在交枪还是不交间犹豫着，人伫立在人生的盆道口痛苦地徘徊着。十几个男生早没了往日的朝气，如同霜打的茄子，一个个耷拉着脑袋都蔫了下来。得！也没别的招了，各回各的家，各拿各的枪。

其他同学都走了，剩下我、兴奎、世德和小龙蹲坐在荷花泡边。大家愁眉苦脸，唉声叹气地等着放学铃响大门打开，好偷偷地潜回学校到男厕所拿枪。

世德忽然想起了什么，他霍地站起身，拍拍屁股上的泥土说："走！我家还有废旧的车链子，够做四把枪的了。马上都去我家，一人再做一把枪交上去。好枪不能交，还得留着玩。"

道高一尺，魔高一丈。哪里有压迫，哪里就有反抗。与天斗其乐无穷，与地斗其乐无穷，与老师"斗"更是其乐无穷。我们四个人分工明确，拆链条的拆链条，磨大栓的磨大栓，做枪架的做枪架。居然在下午上课前，奇迹般的真做出了四把洋火枪。为了不被老师察觉在糊弄她，我们把每把枪调的都能够打响。

下午上课，班上的男生一个都不少地又坐在自己的座位上。老师一次就向学校上交了十几把洋火枪很是有面子，甚至还有些许骄傲。后来听说，为此校长还表扬了老师，夸我们班的收缴枪工作干得好。

　　可学校和老师不知道的是，正因为这次的缴枪行动，把我们的造枪热情彻底地点燃了。老师虽然在生活上让我们缴了枪，但却无法让我们在思想上也缴枪。以至于后来这小小的洋火枪，已经满足不了我们日益增长的玩枪需求。我们又向着更大、更响、更强的火药枪领域探索。要说这火药枪可不是什么小孩玩具，它可是有着一定的杀伤力，可以说它是一种武器了吧。

十五　抓耗子

　　小时候，每到秋收季节都是最高兴的时候，大人们高兴，孩子们更高兴。大人们高兴的是春天种的粮食，秋天终于有了收获。孩子们高兴的是，秋收过后可以到堆在旱田地里的苞米杆堆里撒野藏猫猫，可以到水田地里的稻草垛上蹦跳玩耍，还可以抓耗子玩。

　　小时候我们抓耗子，从小了讲就是为了玩，没有任何意义和价值，那是自然界给予我们这些小孩的一种高级游戏。可要是往大了讲，那是响应党和国家，还有学校的号召，积极主动地为民除害，干的是为四化建设贡献力量的头等大事。

　　小学老师三令五申地教导我们说："五讲四美三热爱，一年四季除四害。"这里所说的四害，耗子（老鼠）就包括在其中。大家都知道，耗子不是种什么好动物。它不仅传播疾病，还偷吃农民伯伯辛辛苦苦种下的粮食。

　　我记得大概是在小学三年级的时候，学校还给我们每个学生分配了任务，半个月之内要上交二十根耗子尾巴给学校。这

事足以证明那时候抓耗子有多么重要，同时也说明耗子有多么可恨。

在我的记忆里，小时候耗子特别多，田间地头、屋里棚上，到处都是。晚上躺在炕上睡觉，经常被棚上唧唧吱吱的耗子打架声闹醒。有时候，胆大的耗子竟敢钻到你的被窝里，做梦翻身压死一两只也并不奇怪。这些还算是好些，最讨厌的就是耗子跑到粮食和碗柜里拉尿。这些事让我对耗子深恶痛绝，恨不能把它们碎尸万段。

要说小时候抓鱼摸虾什么的，都没有抓耗子好玩。耗子这种动物既影响了我们的正常生活，也影响了我们的健康成长。从小到大打了那么多预防针，那是针针入肉，次次见血，总有一针与耗子有关系吧。所以，那时的我们需要以对耗子报仇的方式来慰藉我们幼小受伤的心灵，更需要让耗子血债血偿，来缓解我们的疼痛。

秋天的稻田里是耗子最多的地方。各种各样的耗子在这个季节开始泛滥猖狂起来。收割完稻子光秃秃的坝埂上到处都是耗子洞，常见的耗子有灰耗子、水耗子、瞎耗子，还有一种一身黄毛，后背带条黑线我叫不出名字的耗子。

在这些耗子中，最有意思的还是瞎耗子。这种耗子的眼神好像不咋地，听说是靠着嗅觉行走寻找食物。有时会看到母瞎耗子在前，后面跟着一窝小瞎耗子，一只咬着另一只的尾巴，连成一串在稻田里缓慢穿行。那样子就像是一个大火车头，后

上山的兔子，下山的猪

面拖着一大串满载重物的火车厢，呼哧带喘地在火车道上行驶，怎么也跑不快。

被我们抓到的耗子算是倒了八辈子霉了，生命必定是画上了一个大大的句号。结束耗子罪恶一生的方式有很多，例如：你可以用铁锹拍死它，用线绳拴住脖子挂树上吊死它，扔水里活活地灌死它（注：水耗子除外）。总而言之，你能想到的灭鼠方法可以尽情大胆地去发挥尝试，怎么好玩你就怎么来。

在捕杀耗子这件事情上，大人们从来没有反对过，我们的脚步也从来没有停止过。有句话说得好，"过街老鼠人人喊打"。为此，大人们常常鼓励加关心地对我们说："往死地抓，往死地打，一定要斩草除根，大小都别放过！一定小心点，千万别让耗子给咬着了。"

在处决耗子的方式上，不管是用铁锹拍还是水淹，这些方法太过老套，已经跟不上"时代的脚步"，实在是没有什么新意和乐趣，玩长了也就玩腻歪了。

作为一天天长大的孩子，我们与时俱进，用枪毙这种新方式来处决耗子，走的是国际路线，那是既好玩又过瘾。

小时候，我们每人腰里别着一把自制的洋火枪，就是要用这种枪来枪毙耗子。把抓来的耗子用绳子拴好，大家义愤填膺，大义凛然，像电影里演的那样，对耗子厉声怒喝："我们代表党，代表人民，枪毙了你这个坏蛋！"接着几把代表着正义的洋火枪齐刷刷地对准了正瑟瑟发抖、可怜的，不对，应该是"可

十五　抓耗子

恨"的耗子。"啪！啪！啪！……"乱枪齐发，一阵响声过后，硝烟散尽。只见耗子被打得满身插满了火柴杆，像只刺猬一样，一命呜呼。

这一天，兴奎从加油站里弄了一瓶汽油，一溜小跑地把我们召唤到了一起。

他指着手里拎着的汽油兴致勃勃地说："咱们去抓耗子点天灯玩吧，听说这点天灯老过瘾了！"

大家以前光听说过有拿耗子点天灯玩的，就是谁也没见过，更是没有玩过。大家一致赞成兴奎的这个主意好，嚷嚷着一定要去试试。

于是，我们带上抓耗子的工具就往后河套边的稻田走。小四的一听要抓耗子点天灯玩，无比兴奋，喊着口号嗷嗷地叫着就先跑了。他说他先去找个大耗子洞，抓只大耗子玩才叫过瘾。

我们扛着铁锹，拎着水桶，晃晃悠悠地走在抓耗子的路上，正碰见我三叔开着拖拉机从地里拉了一车苞米杆子往家走。

我三叔一看我们这个阵势，就知道我们是要去干什么了。他减挡放慢了拖拉机的速度，冲着我喊："三的，你们去后河套那边的地里抓耗子吧，那里的耗子都快成精了，又大又多！别忘了啊，顺便抓些小耗子回来给我家的花猫吃。"

"三叔，你就放心吧！每次我去抓耗子不都给你家猫留几只吃吗？你瞧，我拿着罐头瓶子就是为了装小耗子的，保证给你家猫弄几只小鲜肉解解馋。"我一手拍着胸脯，一手举起了手里的罐头瓶子。

刚来到后河套边，就看见小四的在向我们招手，嘴里高喊："兴奎，你们快来，快过来！我在河套边找到一个大耗子洞，这洞比酒瓶子都要粗。"

我们几个过去一看，果然是个大耗子洞。看洞外被耗子翻出的全是新土，里面一定有大耗子。再看看翻出的土有很多，估计这个耗子洞一定很深，用铁锹挖洞太费时费力。大家一商量，还是采用水灌的方法吧。

兴奎和世德一伙，我和三的一伙负责用桶打水灌耗子洞，小四的和球子一伙负责找耗子的后洞。眼见着四大桶水流进了耗子洞里，居然还没有灌满！难道这个大耗子洞就是传说中的无底洞吗？

还是小四的眼尖，发现五六米外的河套边上有个大耗子洞正往外趟浑水，水一股脑又流进了河套里。大家这一看这水灌的法子是不行了，挖又挖不起。放弃了吧，还真白瞎这个大耗子洞了。

兴奎说："不对劲！以前灌耗子用不上两桶水就能把耗子给灌出来。就算是不把耗子洞灌满水，耗子也会被水淹出来喘气。今天真是见鬼了，四大桶水进去，没见个耗子影儿。"

"哎呀！咱灌的这个洞是水耗子洞吧？水耗子不怕水呀！就是灌到天黑也灌不出来它啊！"三的恍然大悟，感慨地说。

"小四的，你还能不能行了？看你干的好事，找个洞还是水耗子洞，大家跟着你白忙乎半天！"兴奎埋怨地说。

我接过话说："谁也别埋怨小四的了，这事也不能怪他。他怎么知道里面住的是什么耗子，他也没办法钻洞里去看呀。"

三的看了看兴奎带来的那瓶汽油，一下子想出了个好主意。他迫不及待地跟我们说："水灌不行，咱就火烧吧！咱们不是有汽油吗？往耗子洞里倒些点着，就算不把这水耗子给烧出来，也能给洞里的氧气烧干净，把耗子憋出来了。"

我们几个一想，三的这主意还真不错。得！就这么干吧。世德和球子拿着铁锹守住后洞口，我们这几个堵在前洞口，这洞里的水耗子看来是插翅也难逃了。

兴奎打开瓶子，往里洞里倒了小半瓶汽油。一股浓烈的汽油味瞬间在我们身边弥漫开来。兴奎掏出火柴正要点火，小四的一猫腰抢上前去说："兴奎啊，我来点，我来点！干别的我整不明白，点火这活儿我拿手！"

"你点就你点吧，小心点，别烧到自己。"兴奎说完站起身把火柴扔给了小四的。

我们站在一边等待着熊熊烈火过后，水耗子被烧得吱吱地叫着从洞里跑出来。

小四的蹲在耗子洞前，划着了一根火柴。他刚要点火，忽然来股风，把燃烧的火柴头给吹灭了。

"快点，快点吧！"兴奎催促着说。

"意外，意外！兴奎，你就瞧好吧！"小四的摆弄着手里的火柴，头也不抬地回道。

这次小四的特意挑了根头大杆粗的火柴，"嗞啦"一声又把火柴划着。他这次学聪明了，一手捏着火柴杆，一手挡风，生怕风再把火柴吹灭。他就像点鞭炮那样，小心翼翼地，一点一点地，把冒着火苗的火柴凑近耗子洞口。

就听"砰"的一声响，把我们吓得一个个面如土灰，傻愣在原地。小四的更是"嗷"的一声，瘫坐在了河套边。

小四的满脸满身都是稀泥点子，他张着嘴憋憋屈屈地说："兴奎啊，这是咋地了，点个汽油怎么还爆炸了呢？谁爱点谁点，我可是再也不点了！也太吓人了，耳朵里面嗡嗡地响呢！"

只知道汽油能着火，谁知道汽油在耗子洞里就爆炸呀？这真是实践出真知，这又长见识了。

兴奎心有余悸地说："这个洞的耗子就别抓了，抓也抓不出来。估摸着耗子不是被炸死在洞里，就是被震死在洞里了。再找其他洞抓吧。"

很快，我们又找了一个小耗子洞，两桶水下去就抓了六七只小耗子。兴奎从这几只小耗子里挑了两只大点的，给倒上了一身汽油，剩下的被我们拿洋火枪就地枪决。

小四的也不敢点火了，更不敢吹嘘自己点火拿手了。兴奎划了根火柴，给两只油耗子一起点上。只见两个小火球滚了出去，还没跑到十米远就不动了。大家有些失落，都觉得不过瘾。

世德说："还是耗子太小了。这一点火，还没跑出几步远就被烧死了。这么玩多没劲，还得抓只大的能跑得远。"

　　我们又连续挖了几个耗子洞。抓到小的和嫩的，我就挑出来装进罐头瓶里，留着给三叔家的猫吃。我挑剩下不要的，都被小四的拿枪给毙了。

　　功夫不负有心人，运气也不错，终于让我们抓到只大耗子。这耗子差不多有一斤来沉，看它的尾巴都有筷子长了。看着这只大耗子我们又来了精神，兴奎说："抓到这么大个的耗子不容易，估计能挺上几分钟，得好好玩上一把。"瓶子里剩下的汽油全让他浇在了耗子的身上。

　　这只大耗子不负众望，就看一团大火球，在水稻地里是蹿过来，又跑过去……

　　哎呀！不好，耗子钻草垛里啦！地里堆着一垛刚打完稻米的稻草，风"呼"一下子火势就烧了起来。

　　我、世德和三的三个，拎着水桶就往河套跑，轮着打水去救火。还好，草垛没堆多少草，我们救的也及时。十几桶水下去，火就被浇灭了。火是灭了，可是草也被烧了一多半，这可是惹祸了。

　　兴奎看着被烧的黑黄相间的稻草垛说："咱们快跑吧，要是让人抓到报告给学校就完了！"说完，他捡起装汽油的空酒瓶，一抬手把瓶子扔进河套的水里，扭头就跑。

　　我们一想兴奎他说得对，那点稻草也不值什么钱，真让人抓到学校去可就坏了。"嗖！嗖！嗖！"大家跟在兴奎的后面

上山的兔子，下山的猪

一口气跑到了荷花泡。

在泡边的凉亭里，大家才喘了口气，休息了一会儿。

世德摇着头，叹了口气说："这事咱们是跑不掉了，咱们去抓耗子的时候，三的他三叔都知道。他还让三的给他家猫抓些小耗子吃呢，跑得了和尚也跑不了庙。"

对呀！这还往哪跑啊！河套边的稻田就是我三叔他们队里的，还是他让我们去后河套那边抓耗子的。再说我三叔还是队长，这事他是不会算完的。

兴奎挠了挠头说："三的，你三叔是队长，他说话就好使。你带我们去找你三叔求求情，再把罐头瓶里的小耗子给他家猫喂上。咱就跟你三叔说，都是为了给猫抓耗子吃，才不小心弄着了火。这样也能顶顶罪，你三叔也能消消气，就不至于告诉学校了。"

我也不知道这样做能不能行，也是没有其他办法了。我硬着头皮，捧着装小耗子的罐头瓶，领着兴奎他们来到了我三叔家。

三叔家没人，应该是都到地里干活去了，他家的小花猫正蜷在炕头褥垫上睡觉。我把猫抱了到院子里，找来小板凳坐下。

我抱着猫，兴奎手上戴着手套，伸进罐头瓶里掏小耗子喂猫。小花猫算是有口福了，这左一口右一口的小鲜嫩肉，给它吃得津津有味，胃口大开。

转眼，罐头瓶子里的耗子就让猫吃得还剩最后一只了。兴奎正准备要掏耗子，我一不小心没把住猫。猫一头就钻进了罐头瓶子里，死死地咬住了瓶中的耗子。

小花猫的头钻进瓶子容易，可是想出来时却被瓶口给卡住了，怎么也拔不出来了。小花猫头套着个罐头瓶子，痛苦地蹬着爪子满院子直打滚。

我们上前按住猫，想帮猫把瓶子拔下来。谁知道卡得太死，猫都快被抻成面条了，也没能把瓶子给弄下来。

得！司马光能砸缸救小孩儿，我今天就砸罐头瓶救猫吧！我深吸了一口气，鼓足了勇气，毅然拎起了墙角的劈柴斧头，一步一步地走向了可怜的小花猫……

猫算是给救下来了，可是用力过大，猫头也挨了一下。经过这一番折腾，猫耷拉着头，有气无力的，连站都站不起来了。我又抱起猫，把它偷偷地放回到三叔家的炕上。

在院子里，我们一个个哭丧着脸，无可奈何地你看看我，我瞅瞅你，谁也不说话。

静！死一般的寂静！

突然，兴奎打破了沉寂。

"放火的事还没着落，这又惹了一祸，不跑还等什么？快往家跑吧！"他说完，推开大门，顺着门前的小道就跑了。

"蹬！蹬！蹬！"世德跑了，"蹬！蹬！蹬！"三的跑了，"蹬！蹬！蹬！蹬！蹬！蹬！"小四的和球子也跑了。

我刚跑到大门口，一阵萧瑟的秋风迎面打在我的脸上，我顿感浑身冰冷，四肢无力。停下脚步，我清醒了过来。望着兴奎他们远去的身影，我心中一片茫然，不禁黯然泪下，默默地思考起人生。

　　"我从哪里来，我能往哪里跑？我家不是也住在这个院子里吗？"

十六　蓝大胆

　　世德是一个闷骚型的人，平时不怎么爱说话，你说话时他会待在一旁静静地听。但不爱说话并不代表着他没有思想，他要是想干起什么事儿来，那真是不见黄河不死心，就是有八匹马也难拉他回头。

　　开春时候，蓝大胆有意无意地惹怒了世德，世德为这事一直记恨在心里。曾听他信誓旦旦地说过，要等到秋后再找蓝大胆复仇算账。

　　蓝大胆是谁？它是一种鸟，一种在东北常见的鸟。冬天大雪封山的时候，鸟儿就会下山觅食。荷花泡是各种鸟类聚集的场所，常常看见几只蓝大胆飞到这里玩耍。它们大概是把荷花泡当自家的后花园了，吃饱喝足了就飞来散心休栖。

　　说起世德和蓝大胆的恩怨，我和兴奎几个也只能是干瞪着眼帮不上忙。你说世德和谁玩不好，偏偏就和蓝大胆耗上了。这一个是动物，一个是人类；一个在地上跑，一个在天上飞。本是风马牛不相及，老死不相往来的一对儿。这怎么就葫芦搅茄子地扯到一起了呢？

这事，还得从开春的一日说起。那天春光明媚，冰雪消融，大地里的荠荠菜正拱着嫩绿的芽。

中午放学，我和世德几个人和往常一样，疯疯闹闹、蹦蹦跳跳地走在回家的路上。走到荷花泡凉亭边的小道时，就见一只蓝大胆正站在道中间，像我们一样蹦蹦跳跳的，嘴里还唱着歌。看我们来了，它也没有让路的意思，抻着脖子，翻着小眼，一副旁若无人的样子。

世德看不得蓝大胆这样张狂，他猛地一跺脚想把它吓跑，可是人家蓝大胆根本就不理他，左瞅瞅右看看，继续哼着自己的旋律。

这让世德很没面子，拔腿上前就开追。蓝大胆看世德冲它来了，不慌不忙地倒腾着小爪，呼扇着小翅膀，来了一个三级连跳，一下就蹿到了远处的一棵杨树下。就见它挺着胸抬着头，满是挑逗地看着世德，仿佛在说："小哥哥，你来追老妹呀！快来追呀！你能追得到老妹吗？"

这给世德连羞带怒地急了眼，捡起一块石头紧跑两步"嗖"地就扔了过去。蓝大胆一看不好，这小哥哥生气了，玩埋汰的啦！它一个大鹏展翅飞身上了旁边的杨树枝。石头"当"的一声砸在树根上落了空，轱辘轱辘滚到了泡子里。

蓝大胆宠辱不惊地站在高高的杨树枝上，摇头晃脑地又唱起了歌。这歌声本来是悦耳动听的天籁之音，但对于世德来说，这声音充满着嘲笑与挑衅，让他听着格外刺耳。

世德站在树下仰着脖，抬头怒视着枝头上的蓝大胆。蓝大胆高高在上，俯身低头若无其事地与他对视着。

"世德！咱们走吧，你和一只鸟置什么气？你不会飞，又能把它怎么地？"兴奎劝着世德。

世德不甘心，照着杨树猛踹了两脚。树干带着树枝轻轻地晃悠着，树枝带着蓝大胆也动了起来。这让蓝大胆很不舒服，甚至有些怨气，"老妹我站在树上看风景，风景里的人踢着我的树。绿草装饰了春的色彩，你踹碎了我的梦。"

世德仰着头开心地乐了，他想，傻鸟，这下你舒服了吧！荷花泡是你能待的地方吗？你也不问问这是谁的地盘，我的地盘我做主！

蓝大胆娇羞成怒，"是可忍孰不可忍！你个臭不要脸的，你这是得寸进尺，非逼得我出手。我还惯着你？得，接我一绣球！"

就见蓝大胆屁股一抬，"噗！"一摊屎尿喷了出来。世德惊慌失措，躲闪不及，正好砸在了他的头上。这摊屎尿热乎乎刚出锅，稀溜溜抓不成团。世德一擦不要紧，结果弄得满头都是，狼狈不堪。要不是泡子的水冰凉，他准会跳进去洗个澡。

世德愤怒地咆哮了，抬头想找蓝大胆拼命。人家蓝大胆理都不理他，轻展着双翅，婀娜多姿地飞向后山老家找它妈去了。临走时，它仿佛还在说："小哥哥，你来追我呀！老妹我在后

上山的兔子，下山的猪

山等你来！"

一泡鸟屎，让本该轻松欢快的气氛变得沉重又尴尬。

当务之急还是让世德回家洗洗头吧，弄了一头的鸟粑粑也是够晦气的了。从此，世德便与蓝大胆结下了令他咬牙切齿的粪辱之仇。

那段日子，世德一直闷闷不乐。他盼望着放假，不为别的，就为了找蓝大胆报仇。要说这蓝大胆的胆子也确实是够大的，每天准时出现在荷花泡边我们放学的必经之路上，仿佛一天不见它的世德哥哥就活不下去了。

就这样，世德每天在找着蓝大胆，蓝大胆也同时在找着世德。世德是越看见蓝大胆就越生气，蓝大胆是越看见世德就越欢喜。

我和兴奎曾建议世德下鸟夹子来对付蓝大胆，可是人家蓝大胆像成了精似的，对夹子上那鲜活蠕动、肥胖流油的苞米虫就是不感冒，那夹子倒是伤害到了几只无辜的老家雀。

鸟夹子对付蓝大胆行不通，世德改变思路，又弄了一把弹弓。怎奈蓝大胆不但胆子大，命也是够大的，它几次都在世德那满绷弹弓下有惊无险地逃走了。

蓝大胆的命大是一方面，这也跟世德的手法有直接的关系。我亲眼看到有两次绝好的机会，本来能轻轻松松地把蓝大胆拿下，可是石子还是跑偏了，并没伤到蓝大胆的半点鸟毛。

反复几次，蓝大胆也变得小心谨慎了。离得远了它就让世德尽情地打，离得近了世德一掏弹弓它准跑。这给世德整得心力交瘁，一天天的净跟这蓝大胆怄气了。

"世德，咱打弹弓纯属是瞎猫碰死耗子，能打到也是瞎蒙的。咱们是打哪儿指哪儿，人家高手是指哪儿打哪儿，这差得也太远了。要不去请洪伟出马来帮忙吧！"兴奎提着建议。

找洪伟那肯定行，洪伟打弹弓那是一绝。这可不是吹的，你拿气枪也未必有他拿弹弓打得准。他家房头的大墙上挂着块轮胎皮子，皮子上钉着一个黄色的罐头瓶盖。洪伟天天拿弹弓打罐盖练手，不知道有多少个瓶盖都被他给打烂糊了。

不敢说洪伟打弹弓百发百中，十有八九那还是稀松平常的，即使没打上那也是石子的问题。你要是不信就把他没打中的石子拣起来看看，准是石子不规则不够圆，在行进中自然偏离了轨道。

世德本来是不同意找洪伟来帮忙，他说这是他与蓝大胆之间的恩怨，不想让别人插手。可是经过他几次与蓝大胆的交锋之后，世德算是悟出了一个道理。这蓝大胆绝不是什么等闲之鸟，凭他一个人还真应付不来。

世德跟洪伟说帮忙打蓝大胆，听了听世德和蓝大胆的事儿，洪伟摇着头说："不是我洪伟不帮忙，让你们这么一说，我心里也没底。我打静物还行，打活物也说不准中不中。这蓝大胆鸟因胆大出名，现在已经被惊到了，估计就很难打到它了。我去了近不了它身也是白扯，二十米之内我还有点把握，再远了就不好说啊！"

洪伟说得有道理，这鸟打精了可真就不好打了。不管怎么样总得去试试，不能让蓝大胆再嚣张放肆了。放学的路上又多了个洪伟，他家和我们的家其实是相反的两个方向。本来不是一个道上的人，是蓝大胆让我们走到了一起。

洪伟拎着弹弓，一个劲地催促我们赶紧去找蓝大胆，他怕回家晚了惹他妈生气。挨顿训斥是小事，弄不好还得挨顿笤帚抽。

你不找蓝大胆的时候，它就在你眼前晃来晃去。今天洪伟拎着弹弓来了，找了半天连个鸟毛都没看见。它难道是算到今天有高人来，躲灾去了？

今天洪伟弹弓包里没放石头子，放的是寒光四射的玻璃球。他的意思我们看得明白，他这是要一弹定"江山"。要说这玻璃球是上好的弹子，大小适中，不轻不重，光亮圆滑，打出去肯定不跑偏。只是造价有些太高，让人心疼。

正当因找不到蓝大胆，洪伟要转身回家的时候，蓝大胆从动物园那边飞过来了，它轻盈地落在杨树上，瞅着世德亮开嗓子又唱起了歌。

洪伟偷偷地摸到树后拉开了弹弓，使劲地瞄了瞄准，手再一松，就听"啪！"的一声响，蓝大胆脚下的树枝瞬间断落。蓝大胆一声惨叫，身子一沉险些掉落。它挣扎着一挺身又飞上了蔚蓝的天空，眨眼的工夫就消失在我们的视野里。

"完了，跑了！隔着树枝打爪子上了，没打到要害。要是拿枪就给戳下来了。"洪伟遗憾地说。

大家虽有些失望，但洪伟这一玻璃球打到了鸟爪子，也算是给了蓝大胆一个教训，看它以后还敢不敢嘚瑟了。

"要不等放假，我拿我家的气枪来打吧！这鸟都打精了，用弹弓是不好打了。"

洪伟这个主意倒是不错，可是后来就算是洪伟拿大炮来轰也是白搭。为啥？蓝大胆它神秘地消失了。有大半年的日子里，没有看见它的踪影了。大家纷纷猜想，不是它意外死亡横尸山野，就是它对荷花泡这块地儿伤透了心，再不就是它被洪伟打得不敢再来了。

"眼不见，心不烦"，时间似乎可以淡忘一切。没有蓝大胆的日子里，世德的心便清静了下来，灿烂的笑容又绽放在他黝黑的脸上。

大家都以为，世德和蓝大胆的故事就此结束，剩下的也只能是回忆。可是让人万万没有想到，就在那年深秋的一天，蓝大胆像个幽灵似的又出现在世德眼前。

记得那天刮着冷飕飕的西北风，树上的枯叶被风扫落在地不停地翻滚着，一池的荷花也只剩下孤零零的光杆。大家顶着风走在熟悉的小道上，突然一道蓝色的鸟影在眼前一闪而过，一股臭烘烘的气味迎面而来……

"蓝大胆！是蓝大胆！这傻鸟又飞来拉屎戏耍咱们呢！"

走在最前的世德吐着唾沫抹着脸,气急败坏地说。

哎呀!这不就是那蓝大胆吗?一只爪子还有点瘸,那是被洪伟弹弓打的。半年不见,它怎么就满血复活了呢?这身子也明显地胖了不少,胆子似乎也跟着在长。这不,它又来戏耍世德了。

蓝大胆撅着个鸟屁股,在杨树上蹦跶得正欢。它边蹦跶边张着尖嘴对世德叫嚣,仿佛在说:"世德小哥哥,我蓝大胆又回来啦!春来不打鸟,隔枝打到脚。大胆没咋地,秋天回来了(liǎo)。有能耐你上来咱俩玩会儿啊!哎哟,啧!啧!啧!干气猴,你够不着!"

这把世德给气得肺都要炸了,站在树下无计可施,干受着蓝大胆的"胯下凌辱"。继而,他仰头怒骂:"你个该死不死的鸟,你给我等着啊,看我怎么收拾你!"

"你怎么跟蓝大胆干啊?也不是没试过。还是找洪伟拿枪来吧!"兴奎好心劝道。

"不!我要亲手报仇才解恨。我自己做把枪干它,你们就等着瞧吧!"世德的话给我们听得很是诧异,但我们知道他可不是在吹牛。

果然,世德开始埋头造枪了。他设计的枪其实很简单,在结构上和洋火枪没什么区别,只是在材料上有了大胆的改革创新。洋火枪的枪身是用自行车链子和辐条帽做的,枪把、勾火(扳机)、枪栓是用铁丝做的;再用自行车的气门芯做弹簧拉枪栓,最后打的是火柴杆。

世德造的这把枪，完全就是洋火枪的增大加强版：枪把用木头代替了铁丝，枪身用摩托车的链子和辐条帽代替了自行车的。枪栓也换用大号的铁丝，气门芯换成了医院打吊瓶用的粗橡皮管。

他到木器厂的垃圾堆捡了一块桦木边角料，求村里的李木匠给做了一个枪把，再用砂纸把木枪把的毛刺磨光；摩托车的链子和辐条帽，是他拿他爸的一包金版纳烟跟修车的老头换的；粗橡皮管是他去大队的卫生所死缠硬磨地管打针的王姨要的。

其他的还算好办，就是砸摩托车链子太费劲。这活儿世德一个人干不了，还是我们大家伙帮忙砸的。先把钳子放在大石头上，再把链子放到钳子上，再拿大洋钉子尖顶住链子链接处的小钢棍。一人把稳链子和钉子，一个人抡锤子小心翼翼地砸。砸大了链子就砸坏了，砸小了也砸不掉小钢棍，砸偏了又砸到把链子人的手。

世德他做的是火药枪，这枪是要来打蓝大胆的。一般做洋火枪拿辐条帽砸一扣链子做枪嘴就可以了，为了能让枪多装药火力大，他砸了两扣链子做枪嘴，又在枪嘴前按了一根钢管。

枪终于做好了，世德拉上枪栓空打了几枪，感觉大栓的尖头有点钝。他把枪栓拆下来，蹲在地上拿磨石磨尖。

兴奎说："世德，我看你这枪做的倒是不错，可是你这枪打什么呀？枪沙你有吗，火药你有吗？"

这话说得有学问，正说在节骨眼上了。没枪沙，没火药，光有把空枪有个鸟用啊？

"这些你们不用操心，我自有办法弄到这些东西。咱们还是先试试枪吧！"世德胸有成竹地说。

世德在家里的锅台上拿了两盒火柴揣在裤兜里，拎着枪牛气哄哄地出了院门。今天的主角是世德，一切当然听他指挥。

就要试枪了，大伙儿除了有些激动，还有些担心。枪到底是打得响呢，还是打不响呢？就算是打响了，威力够大不？劲小了打不远，又怎么能干死蓝大胆呢？

我们跟着世德来到附近的制钉厂。在厂门口，世德说："枪沙咱弄不到，就在这里弄些做钉子剩下的碎钉子渣吧。这东西可比枪沙好多了，带尖还有棱角，打在蓝大胆身上就没个好。"

世德对这事确实是上了心了，说的确实就是这么回事。关键是这钉子渣有的是，还不用花钱买。捡块破塑料布包上一大包，大家跟着世德又来到了荷花泡边的空地上。

世德打开枪，拿出火柴，往枪嘴子里一根一根地刮着火柴头上的药。打洋火枪，刮个三两根也就满了。这火药枪可不行，喂完大嘴子还得喂枪管，干喂也喂不饱。眼见一盒火柴药刮进去了，才勉强填了个半饱。

火柴刮得有些腻烦了，世德看了看枪嘴里的药说："就刮这些火柴药试试吧，能打响再说。"他把钉子渣混着火柴药用纸顺进枪管里，又拿钢棍和纸团把枪管堵住塞紧。

万事俱备，只待开火。世德看了看枪，长吐一口气，心想：成败在此一举，蓝大胆就交给你啦！

按世德的吩咐，小四的找来一块木板用石头瓦块堆立在大地上当靶子。世德量好了十几步远正准备试枪，这时，小四的突然想起了什么。他忙喊："世德啊，你等一下！"

小四的屁颠屁颠地跑到靶子前，在地上抓起两把黑泥。看看世德的身高，再看看木板，选了个合适的位置用黑泥在板子上涂了一个黑圈，一溜烟地又跑了回来。

"世德啊，我这活儿干的还行吧？你照着黑圈打啊！"小四的边说边用手指了指木板。

世德用尽力气拉上了大栓，枪口缓慢地对向了木板。他伸直胳膊瞄了下准，接着头向后一扭，食指猛然压下了勾火。

"砰！"一触即发，枪痛痛快快地响了。世德拎着冒着烟的枪一个健步冲向了木板，我们跟在他身后跑上去想看个究竟。

哎呀！这下子算是见识到枪的威力了，散开花的钉渣歪歪扭扭地钉在了木板上。只是枪的力道不是很足，用手指甲就能把钉渣抠下来。

世德摇了摇头说："枪是没问题，一打就响，就是火柴药的劲也太小了，火力不够猛，钉渣打不远。要打蓝大胆怎么也得二十米开外，就怕用火柴药打到了地方也没劲了。我还得找军子去炒火药去。"

"炒火药！"这可是见所未见，闻所未闻，给我们听得直迷糊。我所了解的火药是中国的四大发明之一，这个老师在学校里教过；可具体怎么做火药，这个老师可没说过。

这能行吗？火药是炒出来的吗？拿锅炒火药不是跟拿鞭炮放火堆里一样，那还不得炒炸啦！这不是要作死吗？

我和兴奎劝世德别闹了，不行就买包小鞭扒点药得了。可别去炒什么火药了，能不能炒出火药不说，这也太危险了。

世德却不以为然，一门心思就要找军子炒火药。他这是为了蓝大胆豁出去了，不惜一切代价地要玩命了。

军子曾告诉世德一个炒火药的秘方，说什么用汽油、化肥、锯末子这些东西就能炒出黑火药来。这简直就是天方夜谭，反正有着五年小学文化的我，就是打死也不会相信的。

世德风风火火地拿着枪找军子炒火药去了。他执意要自己去，怕去的人多了军子就不肯告诉他那秘方，更不会帮他炒火药了。

第二天上学，我看见世德坐在自己的座位上。他的头发和眉毛也不知道是咋整的，弄得破马张飞糊黑糊黑。特别是他一眨眼，上下眼皮就像是被粘住了似的，怎么看怎么别扭。

"咋地了世德，你的头发让火烧了啊？"兴奎好奇地问道。

世德一声长叹，心有余悸地说："哎！你就别提了，军子把火药给炒炸了，头发和眉毛都给烧了！"

原来，军子说的秘方也是听说的，他也从来没有炒过。军子一天到晚作得要死，他也想亲自炒锅火药试一试。正好世德为这事来找他，两个人一拍即合说炒就炒。

汽油、锯末、化肥这些东西，军子他家就有现成的。他爸养了个大拖拉机，虽然拖拉机烧的是柴油，但清洗零件得用汽油。锯末家家户户也都有，房子的棚顶都是用锯末压着的，爬上去抓上几把就够了。化肥就更不用说了，都是庄家户，谁家仓房里还没有点化肥？化肥是什么东西，它不就是尿素吗？

军子他是不敢在家里炒火药的。要知道他爸可是个出了名的狠人，他打军子不打出个声响来，那都不算动手。事物总是相对的，军子在他爸的一双铁砂掌下，也是练就了一身刀枪不入的本领，要是换上一个人恐怕早就挂掉了。

军子领着世德带上东西就来到后河套的铁道边。这里有一个曾给看铁道人住的破旧房子，闲置有一年多了也没个人住。房子里有锅和炉灶，正是炒火药的绝佳之处。

门虽然上了锁，但又怎么能够挡得住他俩激昂的脚步。两个人顺着房后的破窗户钻进了屋里，点着了柴火架上了锅。按照军子的秘方一丝不苟地配比下料，有模有样地炒起了火药。

世德架火，军子掌勺，锅铲挥舞，锯末翻飞。眼看着碎锯末和化肥就要变成梦寐以求的黑火药，突然"砰"的一声炸响，喷出了一个大火球，这给他俩烧得是哭爹喊娘，抱头鼠窜。

上山的兔子，下山的猪

　　事发突然，两个人正聚精会神地干着活儿，一个躲闪不及，眉毛、头发、眼毛给烧了个正着。即将出锅的火药也伴随着一声巨响，化作了一团美丽的烟火。

　　还好，深秋天冷他俩穿着长衣长裤，只是烧到了毛发，虽无大碍，但这着实给他俩吓得够呛。他俩哆哆嗦嗦地爬出了房屋，落荒而逃。

　　军子一口咬定炒火药的方法肯定对路，着火这事可不能怨他。准是粗心大意地没看见锅底漏了才炒着了火，要不准能炒出火药来。

　　世德是打死他也不敢再去炒火药了，再炒可真就要闹出人命了，想来想去还是决定弄点小鞭药来干蓝大胆。

　　这天下午放学，世德买了一包二百响的电光炮，坐在荷花泡的凉亭下。大家帮忙干到了傍黑天，才扒了半小瓶的药，这点药多说也就够放个四五枪的。世德也不舍得再放一枪试试，他要用仅有的这点儿药来对付万恶的蓝大胆。

　　第二天上学，世德把枪、药、弹都带在了身上。上午第三节上音乐课的时候，他偷偷地把枪药和钉渣装进了枪管里，只等着放学去找蓝大胆报仇。

　　在我的脑海里总有着这样一幅画面，世德拿他亲手做的枪去找蓝大胆复仇，一枪就把蓝大胆打成了蜂窝煤。世德拎着蓝大胆的尾巴神气十足地说："和我世德作对就是死路一条！……"

　　总之世德的复仇是完美的，蓝大胆的结局是凄惨的。

　　我清晰地记得，那天的音乐课老师教了我们一首新歌。这歌是这样唱的："日落西山红霞飞，战士打靶把营归，把营归。……歌声飞到北京去，毛主席听了心欢喜。夸咱们歌儿唱得好，夸咱们枪法属第一！……"

　　我们哼唱着新学的歌，走在熟悉的放学路上。除了歌声，荷花泡异常安静，没有半点生气，满眼尽是秋的荒凉。天是阴的，没有风，仿佛一场大雪即将簌簌落下。这场景让人很是压抑，连歌也唱不好，词儿虽对但就是不往调上走。

　　正当唱到"夸咱们枪法属第一"的时候，走在前边的世德一挥手，轻喊一声："停！"

　　时间仿佛在这一刻静止，蓝大胆正站在泡边的凉亭上眯着眼睛懒散地打着盹儿，贪婪地享受着大自然赋予它的正午温馨时光。它哪里会知道大难即将临头，人类罪恶的脚步正悄悄地向它逼近。

　　一步、两步、三步……距离够用了，不能再往前走了。

　　再向前靠近，惊到了蓝大胆，它准会飞跑的。世德拉开了复仇的枪栓，枪口指向了此刻小鸟依人般的蓝大胆。

　　世德的手臂在轻轻颤抖，这让他无法安心瞄准。回头一招手，心有灵犀的我们，一下子就明白了他的意思，他这是让我们去个人架枪。

　　小四的挺身而出，二话不说地站到了世德前面，把右肩膀痛痛快快地向上一耸，毫不吝啬交给了世德。世德试着架了一下枪直摇头，因为小四的个子太矮，枪架在他的肩膀上是打不了蓝大胆的。

小四的一脸尴尬，带着无奈和遗憾恋恋不舍地退了下来。没有声音，世德的把他犀利中带着渴求的眼神递给了个子最高的兴奎。不容迟疑，兴奎毅然迈出坚实的脚步。

兴奎的肩膀，可以说是堪称完美，仿佛是专为这个令人激动的时刻而量身定做的。眼、枪、鸟，三点成一线，世德在努力地瞄着准。扭头、捂耳、挺肩、一气呵成，兴奎在尽力地架着枪。

愤怒、复仇，承载着世德心血与希望的一枪终于打响……

回荡的枪声打破了荷花泡的沉寂，弥漫的硝烟为空气增添了色彩，刺鼻的气味在鼻孔间缓缓飘动。

蓝大胆呢？几十颗散弹钉渣，连根鸟毛都没碰到，这怎么可能呢？可是，事实就摆在你的眼前，你信也得信，不信也得信——确实是没打到鸟。

鸟不知去向飞走了，枪管在一瞬间崩飞了，兴奎的右脸被枪喷得黯然乌黑，张着大嘴直喊："耳朵里正'嗡——嗡——'地响。"

世德沮丧地说："药装多了，肯定是药装多了！枪一响，把枪管给炸飞了。枪管都给炸飞了，里面装的钉渣还走什么正道？不知道都飞哪里去了。"

十六　蓝大胆

　　说来有些奇怪，从那天以后我再也没有见过世德做的火药枪。更奇怪的是，一年、两年、三年、……一直到现在，我再也没见过这只叫蓝大胆的鸟了。

十七　围猎

　　每年到了寒冬腊月，村里都会组织围猎，选择在这个时候上山打猎是有原因的。大冬天的人们都在猫冬，闲着没什么事可做。山上的积雪也比较厚，这便于发现猎物的踪迹。这个季节野兽的皮子也是最好的，能卖个好价钱。还有最重要的一点，就是快过年了，把打来的猎物冻好埋在雪堆里当年货，等过年时再扒出来吃。

　　自从后山上那头最大、最凶猛的野猪，因追杀吴老二误落冰窟窿里毙命以后，上山打猎的人也就少了一分危险。这样一来大家打猎的热情空前高涨，一有围猎的活动都积极主动地参加。这不，二秃子一个召集令就拉来了十六七号人马，外带六七条猎枪。

　　围猎的地点就定在后山的绝命弯里，因为这里是天然围猎的绝佳地点，因地势险要无数野兽丧命在此而得名。弯子的两边山势陡峭，只有一条狭长的出口。猎人把狍子和野猪啥的撵进弯子里，再砍倒几棵树把出口堵上，准没跑。这里地处阴坡，

十七　围猎

积雪也特别厚。大型动物跑到了这里也就被困住了，任凭它有天大的能耐也跑不出来。虽然猎人不敢说直接抓活的，但受困的猎物终究还是难以逃过他的子弹。

二秃子对绝命弯的地形了如指掌，不夸张地说，他就是闭着双眼也能走上两个来回。根据多年的围猎经验，他安排四个枪法好的埋伏在山坡上守住上山口，又安排几个人藏在回头路的出口等着封口。剩下的人，有的挥舞着砍山刀，有的拎着破锣，跟着背枪的二秃子去跑圈赶猎物。

吴老二死皮赖脸地像块年糕，紧跟在背枪的二秃子屁股后面。他笑嘻嘻地跟二秃子说，有他在身边才有安全感，心里也踏实。

二秃子也知道这家伙自从被野猪追杀以后，就留下了无药可治的心病。别说是让他去打野猪，就是看到家猪他都哆嗦。就这样哪里还敢指望着他去堵山口，当不了啥有用的人手使。他人到位了就是来捧场的，让他混个份子也就得了。

可吴老二对别人说的就又是另外一个样了，这一路上牛皮给他吹得都不行了："野猪王能怎么地，它算个什么鸟？还不是让我吴老二赤手空拳地给引冰泡子里干掉啦！这次要是再让我看到那么大的野猪，我跑都不带跑的，看我手里的砍山刀没？我一刀下去就把猪脑袋给剁下来……"

吴老二正喷着吐沫星子，比划着刀，绘声绘色地吹着牛皮呢，二秃子突然地就来了一句："野猪来了！"

上山的兔子，下山的猪

　　说时迟那时快，只见吴老二一个蹦高就蹿到路边去了。路边正好有个大雪坑，他拼了命地纵身一跃，一个大头冲下就栽坑里去了。他撅着个棉裤裹着的大屁股，屁股露在外颤抖着，上半身则钻在雪坑里不出来。

　　这给吴老二的儿子吴小二看得挂不住脸了，赶忙上去拉他爹。谁知道吴小二越拉吴老二，吴老二就越往雪坑里钻。大家实在是憋不住了，一起哈哈大笑起来。

　　吴老二听到大家在笑，知道是被二秃子给骗了。他从雪坑里钻了出来，在雪坑中摸出了刀。他一把摘下了棉帽子，边拍打着头上的雪，边对二秃子说："你就损吧！不带这么玩人的。我以为真的是野猪来了，就想把野猪引到雪坑里。让你们好好看看我是怎么把野猪头给砍下来的！"

　　一听吴老二这话，大家笑得更加厉害。吴老二戴上帽子，松了口气，也跟着尴尬地笑了。

　　大家一路上说说笑笑，等过了山梁到了赶猎的地方，不约而同地静了下来。这是怕惊到了猎物四处逃窜，那就不好往弯子里赶了。

　　二秃子选了个下风口，开始分散人手驱赶猎物。好巧不巧的，大家刚转身要散开，就见从上风口下来六头野猪，其中有一头还是接近三百斤的大公猪。一时间，野猪和人都愣住了，人看着猪，猪看着人，谁也不敢轻举妄动，双方剑拔弩张地对峙着。

　　赶猪的这伙人就二秃子手里有枪，当然不能跟这几头猪硬拼。猪在上，人在下。猪一个小跑冲下来，即使不用獠牙挑你，就用浑身的肉都能把你撞死。通常碰到这种情况，要么人退后一步，赶紧找棵树爬上去，客客气气地把野猪请过去；要么就是野猪心情不错，不爱跟人一般见识，扭头转身往回走。这样的结局可是没仇没恨的，谁也没伤到谁，双方皆大欢喜。

　　这六头野猪，一大五小，一公五母，正是妻妾成群、美满和谐的一大家子。本来为首的公猪心疼它的爱妻爱妾，怕有个什么闪失，一切以大局为重，已经开始带头转身，想领着一家猪躲开人了。

　　谁想，就在这生死攸关的节骨眼上，好死不死的吴老二由于过度紧张，自己还没弄明白是咋回事，右手握着的砍山刀就稀里糊涂地敲在了左手边他儿子拿的破锣上。

　　"哐"一声清脆的锣响，打破了人与兽之间的沉默，这下子算是炸了锅了！

　　五头深得公猪宠爱骄里娇气的小母猪，被这突如其来的破锣声给炸得是花容失色，也顾不得什么阵形，扭着丰满的屁股散开了花地跑开了。

　　可是，一身王者霸气的大公野猪没跑。它看看自己的爱妃爱妾都被吓得跑没了影，不禁心中怒火中烧："大爷满山遍岭才划拉这么几个老婆，让你手贱一声破锣响就给吓跑散了，让我去哪儿再找回来？我跟你拼了！"只见它面目狰狞，眼冒寒光，带着一身杀气，头一低奔着人群就冲了过来。

大家一看野猪冲下来了，琢磨这是要玩命的节奏啊！人们大叫不好，呼啦一下，一个个地被吓得屁滚尿流地四处逃窜。身边有树的就直接爬树，身边没树的就四周找树爬。二秃子手里有枪也不敢打，因为距离太近人又多，再说事情发生得实在是太过突然。

吴老二的儿子吴小二走在队伍最前头，他一个躲闪不及，首当其冲。抓狂的野猪一嘴巴就给他挑飞出去三四米远，接着上前又是一顿乱拱。吴小二毫无招架之力，只能双手抱着脑袋躺在雪地里钻，哭爹喊娘地任由野猪摆布。人们眼睁睁地看着他屁股见血了，棉衣也豁开了，肚皮也露出来了。

都说"打仗亲兄弟，上阵父子兵"。吴老二本是一看见野猪都恨不能钻进雪地里的主儿，可他眼见自己的亲生儿子被野猪挑翻，再听到儿子那撕心裂肺的哭叫声，这让他也变得抓狂起来。

吴老二瞪着血红的眼珠子，抢起了砍山刀就冲了上去，照着野猪的脖子就是一顿砍！虽说野猪挂甲，刀枪不入，可是脖子之处略显薄弱。再说狗急了能跳墙，人急了力气也不小。吴老二这一顿乱砍，还真就砍进去了。就看野猪的脖子漫天地喷着血，喷了吴老二是一脸又一身。这也没让他停住手，直到野猪无力地倒在雪地里。雪白的雪地里鲜红的鲜血，是那么的色彩鲜明。吴老二蹲跪在野猪身前，一身的鲜血如同变了身的大

魔神。他浑身颤抖着说："让你咬我儿子，让你咬我儿子！"这一出"吴老二怒砍大野猪"镇住了所有人，吴老二的形象瞬间高大了起来！

画风一转，惊魂未定的吴老二扔下砍山刀，一个趔趄上前抱起吴小二就号啕大哭："哎呀！我的儿呀……"吴老二的高大形象瞬间又崩溃了。

吴小二撒开捂在脑袋上的双手，睁开从噩梦中醒来的双眼，躺在他爹温暖的怀抱里也跟着放声哭喊："哎呀！我的爹呀……"

这爷俩儿哭得是惊天地，泣鬼神，悲悲惨惨又戚戚。

这给大家伙看得是，哭不得，笑不得，哭笑不得。

二秃子上前看了看吴小二后屁股的伤口说："得！得！得！都别哭了。就是后腚蛋子被野猪挑了道口子，也没什么大事，人保住了就是万幸了。大难不死，必有后福！还哭个什么劲呀！"

二秃子拿出随身带的红伤药给吴小二的伤口敷上，又不放心地说："虽然伤得不严重，但是这冰天雪地的再把伤口冻着可就麻烦了，还是把小二和野猪先弄回去吧！"

要说还是人家打猎能手二秃子，办起事来有条不紊，细心周到。大家听他的指挥，连忙砍倒几棵小树，简单做了个爬犁。二秃子先指挥众人把野猪抬上爬犁，又让吴小二趴在野猪身上，说是这样能暖和些。吴老二怕在回去的路上冻伤儿子的伤口，

上山的兔子，下山的猪

又把自己的棉帽子摘下来，亲手扣在了吴小二的屁股上。

吴老二和一个棒小伙，拉着爬犁上的吴小二和野猪起身往村子里走了。看着他们远去的背影，二秃子调侃地说："看到没，谁也别逞嘴能，这吴老二刚吹完牛皮就让他赶上了！要不是野猪把他儿子挑伤了，估计就这一会儿工夫，吴老二他都能跑回村子里了。咱们还是踏踏实实地干活吧。别整那些没用的了。"

"就是，就是！你说就吴老二这个熊样，什么时候敲锣不好，偏在关键的时候来捣乱。这不，爹敲锣，儿受罪，这不是坑儿吗？自找的不自在。"

"你们看见没？吴老二的裤裆子都湿了，准是吓尿了。要不是他儿子受伤了，我准问问他的裤裆是咋整的，好好地磕碜磕碜他，看他这回怎么说。"

"你不服不行，这吴老二也真有野猪缘。上次弄冰泡子里淹死了一头大家伙，这次用砍山刀又砍死了一头大家伙。这都上哪儿说理去？"

"大家说得都对！事还得往两方面看。不管怎么说，人家吴老二没废一枪一弹，已经干死两头大野猪了，就这个本事咱们还真就比不了。就他拿把砍山刀就敢跟野猪拼命的护犊子劲儿，咱还真就得佩服！"二秃子话锋一转，又开始表扬起吴老二来。

虽然战斗减员，一下子少了三个人，但这围猎的活儿还得接着干。二秃子带着剩下的几个人继续向前赶路，寻思着大家一起找找刚才跑散的母猪。要是能找到这几头母猪，再赶进绝命弯，这次围猎也就算圆满了。可是眼看着快走到山坡顶了，也没有发现野兽的半点踪迹。

二秃子说："都注意点！这个地方有黑瞎子（黑熊）出没，看到树洞躲着点，冬天里的黑瞎子饿得正凶猛。"

正说呢，一个小伙说："二秃子哥，你看前面树上是个什么东西，我怎么看好像是个黑瞎子吊在树上？"

二秃子端着枪上前仔细一看，还真是个黑瞎子吊在树上，原来是被人下的套子给套住的。那人下的还是带机关的套，套到就会自动拉钢丝绳把猎物挂树上。

二秃子气愤地说："这是哪个村的兔崽子跑咱们山场来偷猎了？大家注意好好看看，哪里还有套子都给他解了。他们这么往死地整，来年咱还吃个屁啊！"

吊在树上的黑瞎子被大家给放了下来。这只黑瞎子应该是死了有几天了，两只眼睛都被鸟叨着吃了，身子也被冻得硬邦邦的，熊胆只能等拿回去化冻了再取。

二秃子说："这黑瞎子先放树下，等一会儿赶完猎回头再来拿。这是只母黑瞎子，应该还有只公的。大家都精神点儿，咱也别分散开了，一起赶吧。"

接下来的活儿好在比较顺利，找了几只狍子和野猪撵进了包围圈，也就没有二秃子他们什么事了。他又喊上带枪的张老四，回头去拿树下的死黑瞎子。

　　他们还没来到树下就看一头大黑瞎子，站在死黑瞎子跟前东瞧西望的，鼻子还不停地嗅来嗅去。一看那熊就是刚从冬眠中醒来，还迷迷糊糊地没完全清醒。

　　本来大家不想招惹这只公黑瞎子，可是它不走就没法拿那只死黑瞎子。当时距离黑瞎子只有二三十米远，二秃子看了看一咬牙，铁了心地对张老四说："你先开枪打，要是没打死的话我马上补枪，这样能保险一些。"

　　张老四只打过野猪和狍子这些猎物，黑瞎子他还没打过。这样一来他就有些紧张，瞄的也就没了准头，也没敢吱声就开了一枪。明明瞄的是黑瞎子的前胸，结果因为手抖打偏了，却打在了肚子上。

　　本来这种情况会激怒黑瞎子，它会拼着命地反扑过来。这给大家吓得头发丝都竖起来了。二秃子还算老练，强压心中的恐慌，端起枪正要瞄准迎着黑瞎子好补枪。

　　可是，受伤的黑瞎子一扭身，竟然头也不回地跑了！这真是林子大了什么鸟都有，今天算是开了眼界了：先是碰见头不要命的野猪，这又遇到只胆小的黑瞎子。大概是这只黑瞎子正琢磨着它的老婆出了什么事，迷迷糊糊地就挨了一枪，它的肚子一疼，完全没反应过来是怎么回事，还是本能地逃跑了。

　　本想着等黑瞎子迎面扑过来，二秃子趁机来个一枪爆头，可它转身跑了打屁股也不致命，反而可能激怒黑瞎子回头来个血拼，那可就得不偿失了。这时候最好的办法就是跟踪黑瞎子，

等它累得倒下了再下手。

因为张老四一枪打偏了，子弹划开了黑瞎子的肚皮。二秃子看到黑瞎子的肠子流出来了一小段，所以才艺高人胆大地决定去追。

二秃子回头说："你们几个把死黑瞎子弄回去，张老四跟着我一起去追这只受伤的。"

这一会儿的功夫黑瞎子早跑没影了，二秃子和那个带枪的踩着黑瞎子的足迹和血迹在后面紧追。他俩追过了一个山头看见雪地上有段肠子，估计是从黑瞎子肚子里流出来的肠子太长了，影响它正常跑路，肠子被它自己活生生地给踩断了。

看到这段肠子，二秃子悬着的心算是放下来了。这黑瞎子的肠子都断了，它还能坚持多久啊？果然，他们追着追着就在路上一会儿看见个草团，一会儿又看见段肠子。看肠子的断口二秃子断定，后面路上的肠子是黑瞎子自己咬断的，草团应该是黑瞎子用来堵肚子上的窟窿的。

他们连追了三个山头，眼见黑瞎子就在前方不远，歪歪扭扭晃晃荡荡地就快爬不动了。

二秃子说："我去给它来个痛快吧！"说完，他绕到黑瞎子的前面，"砰"地就是一枪，黑瞎子应声倒地没了性命。

二秃子对张老四说："今晚咱也赶不回去了，追出来得太远了，眼瞅着就要天黑了，你把熊胆给掏出来放好，再把心肝掏出来用雪搓搓，晚上烤着吃吧。我去捡点干柴火，没火咱晚

上山的兔子，下山的猪

上就得冻死。我砌个雪墙，咱俩今晚就住这里了。明早他们要是来了就一起回去，要是不来咱俩把黑瞎子拖回去。"

二秃子打猎经验丰富，他用砍山刀切了一些雪砖，然后砌了一圈一米五高的雪墙，再用碎雪把缝隙填上，这就有了一个四平方米左右的小院。在小院的中间点上捡来的干柴火，这样寒风灌不进来，还是比较暖和的。晚上两人就着烤黑瞎子心肝，喝着身上带的半壶驱寒白酒，那也是别有一番风味。

一夜无话，两人背靠着背抱着枪打个盹儿。第二天一大早，两人吃点剩下的烤心肝，又简单做了个爬犁拖着黑瞎子，呼哧带喘地往回赶路。半路上遇见了前来迎接的村民，大家都知道二秃子的本事，所以也就没有摸黑上山找他们。大家说说笑笑地抢过爬犁，一路上直夸二秃子是好样的。回到村子，人们就热热闹闹地分肉和开庆功宴，又是烀野猪头，又是蒸熊掌，又是炖狍子肉的，别提有多丰盛了。人们大碗喝酒，大块吃肉，又是一个丰收年啊！

值得一提的是，狍子筋这东西炖熟了亮晶晶的跟水晶粉条似的，能有筷子那么粗。来上一盘狍子筋蘸着蒜酱吃，那真是又有嚼劲又鲜美，绝对是难得的好东西。不过这一盘狍子筋要好几只狍子才能凑够，也就是围猎的主力能吃到这道菜。我在小时候曾经有幸吃过一根，如今还在思念那种味道，只想想也是醉了。

十八　养鹰

　　鹰这种猛禽以神骏迅猛而出名，每个孩子的心中都梦想有只神鹰做宠物。要是能像神雕侠侣里的那样，有只能带人上天的大雕，那估计就不是做梦都会笑醒的事了，而是睡在鹰背上你都不想下来。

　　话说驯鹰是要经过熬鹰、溜绳、挂铃、放鹰等过程，那是按部就班一步步来的，可不是一般人能学得会的。驯鹰还得秋抓春放，这也是很多人舍不得的。作为小孩子，能有只小鹰养着玩做宠物，那不仅是件很开心的事，也是件很不得了的事情了。

　　刚飞出窝的鹰还比较笨，捕猎的能力也很低下。所以鹰的繁育季节比别的鸟类要早些，大概在四月份就能孵化出小鹰。等小鹰飞出窝以后，其他的鸟崽子才陆陆续续出窝。这样，笨拙的小鹰雏正好捕食同样笨拙的其他鸟崽，既练了捕猎的本领，又有吃的不会饿死。这就足以说明，老鹰还是非常聪明的。

　　俗话说得好："再精明的老家贼，也防不住小屁孩。"这不，村东头的参天杨树上有窝野鸡鹰，就让人给惦记上了。

上山的兔子，下山的猪

二秃子的小儿子，因为淘气无比，又跟二秃子借了光，人称"小兔崽子"——正是他瞄上了这窝野鸡鹰。只因树长得太高，小兔崽子自己不敢上树，所以他整天缠着他的干哥，也就是吴老二的儿子吴小二来给他掏鹰。这鹰哪里是那么好掏的，两只老鹰总是一只去打猎，另一只蹲守在窝边。只要你一爬树，老鹰准会俯冲下来啄你。这可不是闹着玩的，那鹰嘴可是锋利无比，一啄一个血窟窿。

俗话说，"不怕贼偷，就怕贼惦记"。这不，终于还是被小兔崽子等到了机会。一次，两只大鹰都出去觅食了，小兔崽子就飞快地拉来吴小二掏鹰。吴小二爬树有一套，只见他嗖嗖地就爬上了一半。正在这时天边出现个黑点，小兔崽子一看不好，急着喊："哥呀！你快下来，老鹰回来了！"可是上树容易，下树哪能那么快？

还没等吴小二下来多少，老鹰一个盘旋俯冲了下来，爪子落在吴小二的后背上，只是轻轻地一带，就是一条血口子。小兔崽子一看就吓懵了，拼命地喊："救命啊！快来救命啊！"

要说父子连心，小兔崽子这一喊，二秃子从家里一个蹦高就蹿了出来，抬头一看就知道是出了啥事了。他回屋拿下挂在墙上的撅把子猎枪就跑了过来。就这短短的几分钟里，吴小二被鹰又是抓又是叨的，身上头上又有了七八条口子。要不是吴小二死命地抱住树，掉下来准得摔个半死。

二秃子看着干儿子被鹰抓得血肉模糊，他立马就来了火。

　　要知道，在打猎这行有个说道，猎人是不能打鹰的。从一方面说，鹰是猎人的眼睛，猎人打鹰就等于打自己的眼睛。从另一方面说，鹰本身也是个猎人，猎人打鹰就等于打自己的同行，这都是不合情理说不过去的。

　　可眼目前的情况事发突然，险象重生。如果不打鹰的话，弄不好吴小二就得命丧鹰爪之下，二秃子眼看着干儿子就要坚持不下去了。在这生死攸关的时刻，二秃子心一横，迫不得已地抬手就是两枪。只见这只神骏的大鹰带着凄厉的惨叫声，一头就栽进了山沟里。

　　吴小二一看鹰被干爹拿枪给打跑了，趁机赶紧接着下树。正下着呢，另一只也飞回来了。都说人有人言，兽有兽语。这只鹰应该是被同伴凄厉的惨叫声给唤了回来。大鹰一看吴小二爬在它窝下的树上，一下子就明白是怎么回事。

　　这只鹰一声厉啸划破长空，对着吴小二又俯冲了下来。二秃子一看，心想，坏啦！瞅鹰这阵势，这是要跟我干儿子拼命啊！

　　二秃子忙三火四地给枪换上了一颗子弹，本来这撅把子枪能装两颗子弹，另一颗想换也是来不及了。他顺势抬手又是一枪，正中这只大鹰的胸脯。得！这只鹰头一沉，又从空中栽了下来。

　　几经周折，吴小二总算是从树上安全着陆。虽然被鹰给抓了一身的伤口，但并没有伤及要害部位，还好没什么大事。

上山的兔子，下山的猪

　　小兔崽子看他爹把吴小二救下来了，抻着个脖颈又来劲了，赖赖唧唧地说："爹！你看大鹰都被你干掉了，你上去把小鹰崽子也抓下来，给我二哥报仇吧！"

　　二秃子还能不知道他儿子肚里长的是什么蛔虫，小兔崽子分明还是想抓鹰崽子玩呢！小兔崽子不说这话还能好些，他一说这话，给二秃子听得气就不打一处来，照着儿子的脸上就是一个响亮的大嘴巴子。

　　"你还想着玩鹰！你没看见吗，你差点就害死你的小二哥！你还有脸要鹰玩？你个小兔崽子，一天到晚就给我作死吧！"二秃子边骂边给枪换上了子弹。

　　他一咬牙，心想：得！一不做，二不休。老鹰都杀光了，剩下一窝鹰崽子也没个活路了。今天就来个不杀则已，一杀惊人吧！

　　"砰！砰！"二秃子照着树上的鹰窝又是两枪。他边打嘴里还边嘟囔着："我让你玩鹰！我让你玩鹰！我让你玩个狗屁！"

　　要说这撅把子双筒猎枪的威力还是很大的，两枪打上去鹰窝就散了架，树枝夹杂着鹰崽子就噼里啪啦地掉了下来。

　　二秃子这两枪打的，简直是要了他儿子的小命了。小兔崽子看着一地的鹰崽子，一声哀嚎，放声大哭："我的鹰崽子！我的鹰崽子啊！"他抽搐着身子就扑了过去。

　　这时候，浑身是伤的吴小二也忘了疼痛和惊恐，也是不甘

人后地冲了上去，一边冲一边喊："得有我一只，必须得有我一只！"

小兔崽子哭得这个伤心欲绝啊！他捡起一只哭一只："哎呀，妈呀！脑袋瓜子都碎啦！"

"这只脖子都摔断啦！呜！呜！呜！……"

"完啦！这只胸口有个窟窿眼。爹！你赔我的鹰崽子！"

二秃子这两枪算是打寸了，地上的鹰崽子一个活口没有，这是一窝端的节奏啊！小兔崽子是哭着不算完了，埋怨着他爹说："都被你打死了，我白等一年了，你就给我赔吧！"

二秃子也是拿他的小儿子没办法，平时那是捧在手里怕摔了，含在口里怕化了，要星星不敢摘月亮，惯得要命。今天要不是看干儿子吴小二差点出了大事，也不会这么冲动地开枪打鹰窝。

小兔崽子哭闹着没完没了，还要找他妈告二秃子的状。虽说二秃子在村里人面前，那是不怕天，不怕地，头一号铁打的汉子。可是他在家里，又是个英雄气短、儿女情长怕老婆的典型。

二秃子也有些后悔，觉得自己太冲动，做得太过分了，真不应该给一窝鹰崽子打下来。他正琢磨着怎么能把小兔崽子哄过去别回家告状呢，就听头上"噗"的一声。二秃子一抬头，一泡热乎的鹰屎已落到他的脸前。鹰这玩意是拉稀屎的，白白的像糨糊。这泡稀屎是一点儿也没糟蹋，落了二秃子一脸加一身。

上山的兔子，下山的猪

二秃子抹了把脸，他不抹还不打紧，这一抹倒是把脸上的鹰稀屎如抹雪花膏般，匀称地抹了一脸。

"啊，呸！呸！呸！是哪只该死的鸟，胆敢在我的头上拉屎？"二秃子气得把枪装满子弹，端起枪就找这只不知好歹的鸟。

小兔崽子抬头看着看着就乐了，"咦！"就见一只小鹰崽子倒挂在离地六七米高的树枝梢上，正晃晃悠悠地打着秋千呢。

二秃子就是再恨再冲也不可能开枪打了，心想：得！就把这只鹰崽子抓下来，给儿子和干儿子糊弄过去吧。

他强忍心中的怨气说："你俩脱件上衣在树下兜着，我拿个棍子给你们捅下来。"鹰崽子被小哥俩顺顺当当地接在衣服里，仔细检查一番，毫发未伤，而且健康得很，就是受了点惊吓。

鹰崽子虽然是抓到了，可是新的问题又来了。就这么一只鹰崽，小兔崽子和吴小二都抢着要，这可怎么分啊？

小兔崽子是眼泪汪汪，可怜巴巴地瞅着吴小二，嘴里不停地念叨着："小二哥，小二哥，你是我哥，哈！"

吴小二一想，这可不行啊！鹰要是分给了小兔崽子弟弟，我可咋办呢，我玩个鸟啊？于是他立马就坐在了地上，"哎哟，哎哟！"地叫起疼来了。

二秃子一看这小哥俩，脑袋"嗡"的一声就大了。手心手背的都是肉，这家里的小祖宗要是没分到鹰，回家还不得让老婆给骂死啊！可要真是分给了自己儿子，那对吴小二这个干儿子也说不过去啊！真是劳人伤神……

有了！二秃子一拍大腿说："这么地吧，这鹰你俩一起养，一人一星期轮着养。"

小兔崽子抢着说："我先养！"

吴小二说："不行，时间太长了，一人一天轮着养。"

二秃子说："一人一天就得天天给鹰搬家，轮也把鹰给轮死了。还是这样吧，你俩一人三天好吧。"

吴小二瞅瞅小兔崽子说："拉钩，上吊，一百年不许变！谁也不许耍赖！"就这样，这鹰崽子终于是花落两家，算是定下来两个人怎么分着养了。

这小鹰崽子长着一身毛茸茸的白绒毛，看起来就像是一团绒毛球，那是怎么看怎么惹人稀罕。小兔崽子恨不能睡觉都搂着它，还特地用棉花给它做了个又软又暖和的窝。

二秃子告诉小兔崽子，鹰崽子不能太娇惯，得放到露天地，让风能吹到的地方来养。要是像养小鸡崽子那么养，这鹰就养瘫了，永远也就硬实不起来了。要想把这鹰养好养飞，放土篮子里养就可以了。

以后的日子，小兔崽子和吴小二这小哥俩无论刮风还是下雨，无论清晨还是傍晚，天天抬着个土篮子，走到哪里就把鹰崽子带到哪儿。

至于拿什么来喂鹰，那真不是什么事儿。后山的鸟多，前河套的鱼多。二秃子去山上轰上一枪，小哥俩再到河套下上两网，这就足够鹰崽子吃上个三五天的了。伙食特别的好，喂的是特别的足，每天不把鹰喂得直扭头都不算完。就这么养鹰还能长得慢吗？一周以后，鹰眼瞅着有足球大了。再过一周，鹰又有篮球大了。

很快，鹰褪去了身上的绒毛，开始长出了羽毛。虽然是长了羽毛，可这鹰崽子也太胖了。成年的野鸡鹰也就二斤来重，这个小鹰崽子眼看着都快有四斤了，村里其他的小孩都管这个鹰崽子叫"肉球"。虽然小哥俩联手揍哭了几个叫鹰为"肉球"的小孩，但也没能挡住"肉球"这个名号的广为流传。最后只好无奈地叫这只小鹰名号肉球了，这小鹰似乎还很喜欢它的这个名字。

话说这肉球是一天天长大，吴小二找了个破棉袄剪下两个袖子，给每人做了一个护臂。不管有事没事，小哥俩挺着胸昂着头，把鹰架出来在村里来回地遛，颇有几分纨绔子弟吊儿郎当的气势。尤其村里人家散养在外的鸡一看到鹰，那真是鸡飞狗跳好不热闹，徒增了小哥俩的凛凛威风。

自从发现村里的鸡怕鹰以后，这小哥俩又有了新的玩法。一人走在前面挡住鹰，一人架鹰走在后。当走到鸡群跟前时，前面的人突然一闪身，后面架鹰的就把鹰往上一扬。你就看吧，这把鸡给吓的，上房的、下河的、撞墙的……哎！村里的鸡算是倒了霉了，让这小哥俩给祸祸得够呛。

这不，今天张婶子来找——"给我家里鸡吓得都不下蛋啦！"明天李大姨来骂——"家里鸡都跑出去三天了才回来，蛋都下丢啦！"小兔崽子和吴小二因为这事，也是挨了几顿胖揍。

其实，这小哥俩这样作不光是为了玩，他俩主要还是想驯鹰。因为这鹰是人喂养长大的，没有老鹰教它就不会自己捕猎。所以小哥俩这样干，就是想激起鹰捕猎的本能。但他俩没弄明白的是，鹰只有在饿了的时候才会有捕食的欲望，就像他俩这样给鹰好吃好喝的都喂成肉球了，鹰哪里还有去捕猎的冲动啊？

小哥俩爱鹰如命，哪里舍得把鹰饿上几天再来训，这就是把他俩打死也不会同意的。鹰的成长有着它本身的自然规律，小哥俩人为的去破坏了鹰的自然成长，最终这鹰一定是不健康的了。

鹰的翅膀已经长成了，按说也到了该出飞的时候了，可这鹰死活就是不肯飞。即使把鹰高高地抛到了空中，它也就是晃晃悠悠地再滑翔下来，落地都踉踉跄跄的站不稳。这鹰唯一本事，就是能把村里的鸡吓得四处乱窜。而时间长了，鸡也看明白了鹰什么功夫没有，只是一个比它们大的肉球罢了，似乎也不再把鹰放在眼里了。

就这样大半年过去了，鹰还是没什么太大变化，唯一变的就是越来越能吃了，而且从原来的四斤体重又长到了五斤出头。这样一来，后山的小鸟也是越打越少。前河套的鱼也不怎么好抓了。

上山的兔子，下山的猪

　　虽然，鹰飞的也是比较稳健了，可谁见过飞得只有三米来高的鹰呢？有时候甚至还不如一只鸡，毕竟它连房顶都没飞上去过。好在这鹰虽然打不了猎，但它也不伤人。你就是不戴护臂，他也不会抓伤你，也不会用嘴去啄你。鹰习惯了人们的抚摸，确切地说，它很享受人们的抚摸。它从一只冷峻的神鹰，已经彻底沦落为人类的宠物。

　　当宠物养就当宠物养吧，养个猫猫狗狗也是养，不差养一只鹰了。只要是不伤人，能哄小孩子乐呵也不错！不过这鹰先天的本能虽然是泯灭了，但后天的本能却给训练出来了。那就是只要是让鹰看见肉，不管你藏在哪里，它准能找出来吃个够。

　　悲剧就来自于这吃货的后天本能。过中秋节这天，小兔崽子他妈杀了只大公鸡，刚秃噜完鸡毛就被隔院的王大妈叫去帮忙干点活儿。鸡就放在院子的盆里没收起来。吃货肉球是看在了眼里，馋在了嘴里。那边人刚出了院子，它就急不可耐地扑了上去……

　　等小兔崽子他妈回来，就见一只鸡只剩下小半只。肉球正趴在旁边的地上直蹬腿，走近细细一看，它的嘴里还叼着半截鸡肠子，一看就是吃得太多给噎住了。

　　小兔崽子他妈急忙把肉球嘴里的鸡肠子给拽了出来，但晚了！一切都晚了！即使这样也没能挽救肉球的小命。就这样，肉球这只本该翱翔在蓝天上的雄鹰，最后因贪吃半截鸡肠子而活活地被撑死了。

十九 猎狗

　　小兔崽子和吴小二养猎鹰以把鹰撑死告终，那是败得一塌糊涂。好端端的一只鹰让他俩给养成了肉球不说，最后鹰还活生生地被半根鸡肠子给撑死了，真是闻所未闻，见所未见。

　　起初，小兔崽子还茶不思饭不想地难过了好一阵子。二秃子是看在眼里疼在心里，就琢磨着怎么才能哄好自己的宝贝疙瘩。都说解铃还须系铃人，心病还须心药医。既然是一只宠物鹰闹得儿子不开心，那就再弄只别的小动物哄他高兴吧。

　　二秃子想来想去，还是决定给儿子弄对兔子来养。兔子好养不说，还是吃草的动物，也不怕养成肉球，越是养得肥大扁胖的才好呢！再说，二秃子（二兔子）、小兔崽子、兔子，这三个名字听起来就是一家人，整在一起也能和谐相处。

　　别说，这招还真灵，小兔崽子有了兔子玩，也就断了鹰的念想，一下子就嘻嘻哈哈的全好了。小孩子嘛，用情不专，移情别恋啥的，这是很正常的事，谁都能理解。

　　可是，令二秃子没想到的是，小兔崽子的情感闸门一旦打

上山的兔子，下山的猪

开，如洪水般一下子就泛滥啦！他对养小动物就像着了魔似的，凡是天上飞的，地下跑的，还有水里游的，只要是能养着玩的，他都让二秃子往家里养。这不，家里除了一对灰兔子，还养了一只花脖子小野鸡，两只吃松子的小花鼠，三只会嗑瓜子的豆辣子鸟，一大缸样式不同的小鱼。最后，二秃子的家都赶上一个小动物园了。

就这些，小兔崽子还是不满足。为啥？家里养的这些可是不能带出去遛着玩的，人家小兔崽子想养那种能带出去遛着玩的动物。若是把家中这些带出去，岂不是肉包子打狗，有去无回？

一天，小兔崽子听说村东头张大膏药家土狗下了窝崽子，就寻死觅活地拖着二秃子去要一条。话说这条母土狗是黑颜色的，也不知道在外面和谁家的狗有了一腿，愣是下了一窝带着黑白花的小狗，要知道满村子也没一条白狗啊！

那时候，谁家养狗都挑秧子大，凶猛厉害的来养，这样的狗才是看家护院的好帮手，有的还能在打猎时派上用场。这窝狗崽子的妈是条一天到晚不务正业，就知道四处瞎溜达的土狗。再说，狗崽子的爹是谁都是个问号。所以，二秃子本来是不想要这窝狗崽子的，可是架不住儿子哭闹。他就跟张大膏药递了个话，让儿子自己挑条小狗崽。

本来张大膏药家这窝狗崽是白送都没人肯要的，这还给张大膏药愁了个够呛。眼瞅着这窝狗崽养又养不起，扔还不忍心，他能不闹心吗？

　　二秃子可是村里的风向标，连二秃子都去张大膏药家要狗崽，又有人说是听二秃子说的，这窝狗崽是极少见的猎狗，人们都惦记要上一只。没想到这样一来，是峰回路又转，这窝狗崽一下子就成了热门货。你不拿点东西去找张大膏药换狗崽，都不好意思张嘴。没两天的工夫，这窝狗崽就被村里人给抢光了，下手晚没排上号的，还一个劲后悔地跺着脚。

　　当然，二秃子他自己心知肚明这到底是怎么一回事。这极品猎狗的话不是出自他的口，那还能是出自谁的口？很显然，这是张大膏药为了把狗崽处理掉，他自己放出的风儿，再借着他来炒作这件事罢了。要不说高手在人间，一窝狗崽子都能炒一炒。

　　小兔崽子如愿以偿地得到了狗崽子，那可真是给他亲得不行了。又赶上村里的人都传话这是猎狗，这对他来说更是如获至宝般的撒不开手。他吃饭得抱着，睡觉得搂着，他对这狗崽子的感情，比对他亲爹还要亲。

　　这次他长了记性，也下了决心，绝不能再把这条狗崽子养成让人嘲笑的肉球，一定要把它养成传说中的猎狗。于是，小兔崽子没事就带着小狗崽子出去疯跑，说是这样能锻炼小狗的体力。

　　别说这狗也是争气，肉长得是越来越结实，也变得越来越有灵性。你让它蹲，它就蹲；你让它站，它就站。你让它去叼东西，

上山的兔子，下山的猪

它就去叼东西。它也从来不满地拉尿，拉屎尿尿都在小兔崽子指定的地方。最让小兔崽子一家人放心的是，这狗除了他们喂食吃，外人就是拿山珍海味来喂它，它都不带动上一口的。

这窝狗崽子那是个个机灵，个个厉害。等狗养到六七个月的时候，自己就能上山抓兔子。有了这几条狗在村里，后山的狐狸和野猫子什么的都不敢进村子了，大家养的鸡、鸭、鹅什么的也再没丢过。

这让张大膏药也开始后悔了，悔当初他借着二秃子编瞎话把一窝狗崽都送了人，闹得自己家也没留下一只养。

村里的人看着狗一天天长大，对二秃子也是越来越佩服了，都说他眼光独到，看狗崽子都能看出来长大是猎狗还是土狗，真比诸葛亮都神。打那以后，谁家的狗要是下了崽，都要跑去请二秃子去给看个究竟。

当然，二秃子一直在解释当初说那话的人不是他。可是，这又有谁能相信呢？恐怕只有张大膏药了。张大膏药看看二秃子，二秃子又瞅瞅张大膏药，他俩互相眨着眼，谁也不好意思把这事说破。

上秋的时候，后山的野鸡纷纷飞下山，钻到村子的豆地里吃豆子。二秃子端着枪背着子弹，小兔崽子拎着条大面袋子，他们爷俩带着狗就去打野鸡。

到了豆子地，二秃子对狗一声令下，就见狗嗅着鼻子一蹦一蹦地钻进了地里。狗凭着超凡的嗅觉找到野鸡的藏身之处，偷偷摸摸地来到野鸡身后猛地向前一蹿高，把野鸡吓得扑棱着翅膀子就从豆地里飞了起来。二秃子端起枪瞄准就打，狗看二秃子一抬枪，立马老老实实地趴在地上一动不动。等二秃子的枪一响，它又迅速从地上爬起来去找野鸡。你就看吧，只要是二秃子打落地的野鸡，狗准会一路小跑摇头摆尾地给叼回放在二秃子身边。然后看二秃子的指令，它接着再去豆地里撵野鸡。

　　有了这狗打猎，那真是如鱼得水，如虎添翼啊！这爷俩和狗分工明确，狗进豆地里撵野鸡叼野鸡，二秃子拿枪打野鸡，小兔崽子背着袋子装野鸡。这活儿干得是一气呵成，堪称完美。这人与狗配合默契，天衣无缝。小半天的功夫，就打了七八只野鸡，小兔崽子累得都快背不动了。

　　这窝狗竟然有打猎的本领，这让那些养土狗的人家，既羡慕又嫉妒。怎奈对自家的狗那是恨铁不成钢啊，人们只能眼睁睁地看着二秃子他们几个有猎狗的人家，中午带着枪和狗潇潇洒洒地出去，傍晚背着野鸡趾高气扬地回来。

　　其他人羡慕也好，嫉妒也罢，那只是一时的，过去了也就算了。心里一直在纠结，一直割舍不下的还是张大膏药。要知道，这几条猎狗可是他亲手送出去的，他心里又怎么能没有想法？

　　要说还是人家二秃子，他办事你不服都不行。他早看出张大膏药的心思了，只是大家把狗从小养大，都对狗有了感情，谁也不可能把狗给张大膏药还回一条。于是，他把从张大膏药那儿要猎狗的人家聚到一起，商量着怎么来安慰一下他。

上山的兔子，下山的猪

最后，由二秃子决定，这几个人带猎狗打到了猎物，轮流着给张大膏药送点；谁家的狗是母狗，要是以后下了崽也回送给他一条。这个主意好，其他几个人那是举着双手赞成。

二秃子带头，第一个拿着一对野鸡送给了张大膏药，把大家商量好的话递给了他。又说这几条猎狗太厉害，眼睛里容不下活物，白天不用链子拴家里，怕出来咬死村里的鸡鸭。等到晚上一起放出来，让它们回张大膏药家找老母狗玩，就当是大家一起养的了。

张大膏药能说啥？二秃子这事办的也太到位了！狗都送人大半年了，再说，除了二秃子家的狗，其他的还是拿东西换的。人家现在搭理你是仁义，不搭理你那也是本分。

人和人之间关键在于处，二秃子他们对张大膏药够意思。张大膏药也是个讲究人，弄到骨头这些吃的东西，也总是留着等晚上猎狗来了，扔给它们一起吃。

这件事很快传遍了全村子，村子里的人本来就稀罕这几条狗，更是敬佩二秃子办事仁义。再说，这几条狗给村里人也没少出力。放下狐狸这些野兽不敢进村偷鸡的事先不说，以前到了秋收的季节，村子地里的粮食没少让外人偷，还得组织人手整晚上看粮，整得人疲马惫的，也好不到哪儿去。自从晚上有了这几条猎狗在村里巡逻，粮食一点也没丢。人也不用去看粮了，连睡觉睡得都踏实。于是，不管是家里养狗的，还是没养狗的，谁家有点狗爱吃的东西都会给二秃子他们送去喂狗，这

几条猎狗也就变成全村人的狗了。

隔年的冬天，这几条狗已经长成肌肉发达、凶猛异常的大狗了。它们还干了一件令四村五邻的人都为之震惊、啧啧称奇的大事。

那是刚下完大雪的第三天清晨，小兔崽子又早早地从炕上被窝里爬了起来唤狗喂食。按往常，狗一听到小兔崽子的呼唤，早就"旺——旺——旺——"地回应了，摇头摆尾地在院子里嘚瑟开了。

可是，这天小兔崽子连喊了三声，没听见狗有任何动静。走到狗窝仔细一看，狗不在窝里。这可不对劲啊？平常都是在晚上把狗给放了，狗自己出去找它妈和兄弟姊妹玩，等凌晨两点来钟的时候准回窝睡觉。

小兔崽子忙喊上他爸，跑出院门满村子找狗。这一找不要紧，养猎狗的几家人也都跟着找起来。为啥？这几条猎狗自打昨晚放出去，一条也没回家，都奇怪地消失了。

二秃子说："不好！狗这是出事了，有枪的都带上，咱们一起上后山找狗去。"

大家背枪的背枪，拎柴火棒子的拾棒子，刚出了村口就见二秃子家的花狗呼着白气从后山上跑了下来。狗看见二秃子他们显得格外兴奋，扑着挂着冻雪的爪子，张着带着血迹的嘴巴叫了几声，扭头就又往山上跑。

看着狗嘴巴上的血，也印证了二秃子的话，看来狗是真的出事了。五六条猎狗，就看见二秃子家的狗没事，其他的狗是死是活也没见个身影，这让大家惴惴不安地紧跟着这狗就往山上赶。

刚翻过山梁，大家远远地就听那几只狗在咬叫。听见狗的叫声，人们悬着的心也就放了下来。他们押着脖子再往山下一看，好家伙！七八只狍子被狗撵进了山沟，身子陷进深雪里出不来，只露出个脑袋，正一脸无辜地瞅着狗。

得！这都不用撵也不用打，直接捡活狍子啦！就在大家呼喊着下山沟要去捡狍子时，二秃子家的花狗跑到他的跟前，一口咬住他的棉裤腿，一个劲地往前方不远处的树丛里拽。

这又是什么情况啊？二秃子警觉地端起枪又跟了过去。先是一地的爪子印和毛，越往前走越是瘆人，一摊摊殷红的鲜血在白雪的映衬下，让人不寒而栗。

顺着血迹二秃子他们钻进了树丛里，眼前的景象先是惊得大家目瞪口呆，而后又是乐得合不拢嘴。哎呀妈呀！一头二百多斤的野猪被咬得浑身是血，躺在地上早没了声响。

据二秃子的推断，事情应该是这样的：野猪晚上进了村子，被这几条野狗发现一路追上了后山。在山梁上野猪跑不动了，与猎狗混战成一团。野猪寡不敌众，被狗撕咬住脖子，最终流血过多惨死在树丛里。

巧的是，一群点背的傻狍子也在上山遛弯闲逛，这让打完架的猎狗碰了个正着。狗对狍子又是一通穷追不舍，这群傻狍

十九 猎狗

子稀里糊涂地就跑进了深雪里，困得出不来。

这几条狗咬死一头野猪，又活堵了一群狍子。这让村里的人引以为豪，那是逢人就讲见人就夸。这事越传越远，很快传到了县城一个养狗人的耳朵里。那人特地赶到村子看了看狗，要出一千块钱把这几条狗全部买走。

有几户人家看有人出天价买狗，就动了心思想把狗卖掉，可是二秃子死活就是不同意，这事也就不了了之了。要知道，那时候一千块钱可是能买三间大瓦房的。

好景不长，转过年开春的时候全国掀起了一股打狗潮，说是为了预防狂犬病。镇里面的派出所等部门组成了打狗队，一天到晚拎着木棒拿着枪，走街串巷见狗就打。

那时候的狗算是遭了殃，天天都能听见狗的惨叫声。打狗队打着打着就打到了村子里，总不能眼睁睁地看着自家的狗被打死吧。于是二秃子想了个办法，他让大家把狗链子给解了，看打狗队的人一来就把狗都赶上后山，等他们走了再上山把狗领回家。

打狗队的人来了两次都扑了空，他们哪里肯就此罢休。一天，他们开着吉普车又来到村子，找了一圈也没见着个狗影儿，装模作样地开着车又回去了。在半夜时，打狗队的又杀了个回马枪，开着车又来到了村子。

晚上狗下了山，回各自的家吃完食都趴在窝里睡觉了，这下子可让他们逮了个正着，一宿到亮的光听着狗的嚎叫声了，

上山的兔子，下山的猪

听得让人心酸，听得让人心寒。村里的土狗在一夜间几乎被打了个干净，幸运的是这几条猎狗却毫发无损地活了下来。

话说这几条狗晚上是不拴的，那天晚上二秃子远远地看见有车的灯光往村子里来，就知道大事不好，准是打狗队的又来了。他在张大膏药家的门口找到这几条狗，带着它们飞一样地跑上了后山，这才又躲过了一劫。

打狗队的知道村里还有几条猎狗没打着，就下命令让二秃子他们自己把狗交上去。否则让他们发现狗，一是照打不误，二是每条狗还要交二百元罚款。

狗是万万不能上交，罚款更是交不起。联系上那个买狗的人想把狗卖给他，想着人家是专业养狗的，买狗不是为了杀了吃肉，起码狗还能有个活路。可是那个养狗的不管是价钱的高低，他摇着头也不敢买了，说是风头太紧，买到手里也得挨打。

打狗队的例行公务，不管是白天还是晚上，三五天就来检查一次。总把狗往后山上撵也不是个办法，狗不能按时吃食都饿瘦了，人也是经不起这样的折腾。大家又想了个办法，把这几只狗牵进村里的大菜窖子里躲藏，寻思着再躲上个把月的，等风头一过也就没事了。

可是，谁又曾想到，菜窖子在地下，阴暗潮湿不透风。不到半个月的功夫，狗上吐下泻就都病死了。那时候的医疗条件有限，况且又在这偏僻的山村里，就算是人生病了也好不到哪里去。

　　二秃子领着村里的人在后山下挖了个深坑，大家含着眼泪把狗一起给埋了。小兔崽子哭得都快伤心死了，毕竟花狗是他一手养大的，那份感情是无法言喻的。

　　哎！这窝狗睁着双眼一起来到了这个美丽的世界，又闭着双眼一起离开了这个无奈的世界。怎么说呢？凡事总得往好的地方想吧。按村里人的说法，狗是同年同月同日生的，又是同年同月死的，兄弟姐妹生死在一起，这也算是团圆了。

二十　打飞鼠

飞鼠是一种灰色的松鼠，能长到半斤到一斤之间的重量。大大的眼睛，粗长的尾巴，看上去古灵精怪，用现在的话讲就是萌萌的样子。这种松鼠身材娇小，身手敏捷，擅长在树木之间穿梭飞跃，看上去就像是从一棵树滑翔到另一棵树，所以猎人习惯地都叫它飞鼠这个更为贴切的名字。

飞鼠的皮毛最有价值，我记得在一九八八年的时候，一只小小的飞鼠就能卖到二十五元钱。那时一个人的月工资也不超过二百元，由此可见飞鼠这高贵的身价。

在八十年代，气枪还比较多见，买枪的人家基本上都是为了打鸟和打飞鼠才买的。飞鼠也不是一年四季啥时候都值钱，只有寒冬腊月的飞鼠才能卖个好价钱。因为在腊月的时候，飞鼠的皮毛品质优良，称得上为上品，也只有在这时才有人肯收购皮毛。

要说裘皮大衣中最好的，当然是用水獭皮做的。因为水獭皮不沾水，雨雪落在上面很自然的就能滑落。

　　听老人讲，古时候大臣官袍的袖子都是用水獭皮做的。古代上朝开会，皇上坐在龙椅上高高在上，大臣们毕恭毕敬地站在金銮宝殿上。这一站就是一天半天的，要是嗓子里有口痰也不敢往金銮殿上吐。你说谁要是"噗"的一口浓痰吐在了金銮殿上，皇上一看，"哎哟，你这小子可是胆肥了，敢跑我这里撒野。我这花了几千万两黄金打造的超级豪华宝殿，岂是你这厮来随便吐痰玷污的？来人，拖出去斩了！"那不是坏了事吗？所以，大臣有痰只能吐在这水獭皮做的袖子里，回头出了金銮殿一甩袖子也就干净了。

　　水獭皮虽好，但毕竟毛短，还油光锃亮的。远看穿着水獭皮大衣的人，就像看见头黑瞎子似的，没什么美感不说，还有些吓人。要说美观、大方、得体，还得是飞鼠皮做的衣服，皮子软，毛蓬松，那真是没得说。听说过那时候飞鼠皮能出口换美金，能出口换美金的东西一定不赖。

　　因为飞鼠这东西能换钱，所以吴老二这个老抠（吝啬小气的意思）也托能人二秃子帮着买了把气枪。他的儿子吴小二此时也长到半大小子的模样，闲着没事就拿着气枪到后山的松鼠沟打飞鼠。运气好的话，一天也能打个六七只。虽然天冷人有点遭罪，但是一天就能有百十来块的可观收入，这也是非常值得的。

　　上了后山不远就是松鼠沟，因为这里没有什么危险性的动物，所以吴老二才放心让儿子去这里去打飞鼠。一天早上，吴

上山的兔子，下山的猪

小二看天气不错，拎起枪想要去打飞鼠。他出了家门觉得自己一个人去也没意思，正巧走到小兔崽子家门口，还是喊上他做个伴吧。

吴小二抬腿进了二秃子家大院，推开房门就进了屋，一看小兔崽子还赖在热被窝里没起来呢。于是他悄悄地把自己冻得冰凉的手伸进小兔崽子的被窝里，就是一顿乱摸。小兔崽子被冷手激的光着腚蛋子在炕上一滚从被窝里爬了起来，揉揉惺忪的睡眼睁开一看是吴小二，就说："二哥我服了，我服了还不行，别闹了！"吴小二嘿嘿一笑说："快穿上衣服，咱哥俩上山打飞鼠去。"小兔崽子难为情地说："我昨天放冰排掉江里了，棉裤还没干呢，这也出不去门啊。"吴小二看了看，指着炕头的新棉裤说："那是什么，那不是棉裤吗？"小兔崽子说："那是我妈给我爸新做的棉裤，我穿着也太肥了吧！"吴小二一听这话，有些扫兴地说："你爱去不去，不去拉倒。我自己也不是不能去，回头烤飞鼠吃你可别馋着管我要。"小兔崽子一听急了："二哥你别不高兴，我去还不行吗？等等我穿上衣服，你先去我家碗柜里抓点盐，咱中午就不回来了，在山上烤飞鼠吃得了。"

这棉裤确实是大了，而且大得有些离谱。小兔崽子把裤腰都提到了胸口，这样才使裤腿不拖拉在地上。他再穿上厚厚的棉袄，就像是个十月怀胎嗷嗷待产的孕妇，你是怎么看怎么觉得搞笑。

　　小兔崽子从炕柜底下摸出二秃子的气枪，又提了提棉裤，再用棉袄袖抹了把鼻涕说："二哥，咱走吧！"

　　这哥俩嘻嘻哈哈地扛着枪奔着松鼠沟就去了，这一路上两个人也不消停，不是吴小二偷偷踹一脚树就跑，震得树上积雪飘飘扬扬地洒了小兔崽子一身；就是小兔崽子冷不丁地给了吴小二脖颈一雪球，碎雪掉进了棉袄里。可想而知，小哥俩在一起是有多么的开心。

　　吴小二说："弟呀！我爹跟我说了，要是我打的飞鼠多了，过年的鞭炮就让我可劲地造。我一个人放不了，到时候咱俩一起放。"

　　小兔崽子一听这话，寻思了下说："那我回家也得跟我娘说，过年怎么也得给我扯回几尺呢子料，做件大衣是又板正来又压风。张老三就穿了件黄呢子料大衣，要多精神就有多精神！给他穿得道都不会走了。"

　　小哥俩眼瞅着就要到了松鼠沟，迎头碰见了村里的二魁爷。他腰里别着把斧子，用绳子拖着两根松木杆正往山下走。

　　"你们两个小崽子又来松鼠沟打飞鼠了吧？"

　　"嗯呢！二魁爷，你来砍松木杆啊！"

　　"这不，家里的灯笼杆烂掉了，砍两根新的过年用。沟门那里有一群飞鼠，刚才我干活，它们就在我眼皮底下穿来穿去的，应该还没跑。快去打吧。小心点儿，别掉雪坑里爬不出来。"

　　"放心吧，爷！我俩在一起有个照应，保准没事儿。"

上山的兔子，下山的猪

　　二魁爷说的没错，眼见十几只飞鼠在沟门的松树上正跳得欢实。

　　吴小二一猫腰说："弟，你在这里等着。我绕到树后面去，我先打一枪，等飞鼠跑过来，你再打一枪。咱就这样来回地打，差不多就能把这几只飞鼠打干净，这样也省得咱俩去追了。"

　　吴小二很快就绕了过去，正像他说的那样，他打一枪掉下来一只飞鼠，剩下的飞鼠在树上朝着小兔崽子又飞了过来。小兔崽子赶紧挑只好打的也来一枪，又一只飞鼠掉落在雪地里。

　　要说这飞鼠还是很好打的，虽然它把身体躲在树干后面，却总喜欢露个头瞪着大眼睛四处观察情况。因为它眼睛大，所以露头的目标也大，正好瞄准头来打，那是一枪一个。

　　还不到两个小时的工夫，小哥俩每人就收获了四五只。眼瞅着哥俩的距离是越来越近，这群飞鼠的个数也是越来越少。

　　吴小二对小兔崽子说："弟，你别出声猫树后面去。这只傻，我看看能不能打个眼对穿！"东北打猎有个说法，枪法好的猎人可以打左右眼对穿，也就是说子弹从猎物的左眼睛进去，再从右眼睛穿出，这样不伤猎物的毛皮。当然，这只是个传说，我并没有亲眼见过有谁打出这样的枪法。但这并不影响猎人对枪法的追求，这不，吴小二他就想打一枪试试。

　　小兔崽子一听，他配合着吴小二，赶紧躲到了一棵松树的后面。吴小二深吸一口气，平心静气地瞄了又瞄，终于找到了感觉，有了开枪的把握。他边瞄边扣动扳机，眼看着子弹就要击发，飞鼠应声落下。好巧不巧的，这时突然传来了一声凄厉的哼呼（大猫头鹰）叫，飞鼠一听这声音，吓得本能地往前一蹿，这时枪也"啪"的一声响了。这一枪没能打在飞鼠的眼睛上，而是正好打在尾巴上。

就看飞鼠的尾巴一耷拉，准是被子弹打断了。飞鼠能从一棵树飞到另一棵树，就是靠着尾巴来掌握平衡。这尾巴一断它也就飞不起来了，直接一个大头冲下就栽进了雪窝里。它一翻身爬起来，拔腿就往旁边的松树跑，想着赶紧上树躲藏。没想到它刚跑到树跟前，小兔崽子就从树后一蹦高出来了，二话不说抬起脚就踹。

哧溜一下，小兔崽子站在原地是一动也不敢动了。一瞬间，小兔崽子的脸色是从兴奋变成了紧张，又从紧张变成了恐惧。他拉叉着双腿老老实实、惊慌无助地瞅着吴小二。那表情，就好似被人点了死穴，定住了一般。

"弟，你这是咋地了，飞鼠跑哪儿去啦？"吴小二跑上前问。

"飞鼠它钻我棉裤里啦！"小兔崽子憋憋屈屈地说。

"在哪个地方，我帮你掐死它。"吴小二盯着小兔崽子的大棉裤就要动手。

"你可别，你可别呀！"小兔崽子哭丧着脸，右手的拇指和食指张成枪形锁定了裤裆的命根子。

小兔崽子是欲哭无泪，哀求着说："二哥，你可千万别动手掐呀！掐不好，它还不把我命根子给嗑啦！你还是把我棉裤

上山的兔子，下山的猪

解开，把它给放出来吧！"

吴小二也知道这可不是闹着玩的，赶忙放下身上背着的气枪和死飞鼠。他蹭着脚步来到小兔崽子身前，慢慢地蹲下身脸靠在他的腰部，伸出双手撩起小兔崽子棉袄的衣襟，解开了裤腰带，又给他解棉裤的扣子。

可是，吴小二的手冻僵了，解了两下没解开。这给小兔崽子吓得面无血色，看也不敢看了，紧咬着牙，把头扭向了一边。

"弟，你刚强点，你给我挺住了！我手冻得不听使唤了，让我哈口气缓缓手。"吴小二鼓励着说。

小兔崽子也不说话，扭着头，闭着眼，咬着牙，点了下头。

吴小二张开大嘴，把两只手的手指放在嘴里，不停地哈着热气。

"二哥，你快点，我就要不行了！"小兔崽子有气无力地说。

"来了！来了！"吴小二深吐一口气，又伸手撩起小兔崽子的棉袄。他摸着棉裤纽扣，大气不敢喘一口，再次小心翼翼地解了起来。

小兔崽子的裤裆里哪里是一只小小的飞鼠，这分明就是一颗大炸弹啊！吴小二要是拆不好这颗炸弹，定是"轰"的一声巨响，后果不堪设想。

还好，一切顺利，扣子被解开了，并没有惊到飞鼠。吴小二又一点一点地把小兔崽子的大棉裤给褪了下来，渐渐地露出了飞鼠的脑袋。

这飞鼠本来以为钻进了温暖的黑树洞，爬上树正好有根小树杈就蹲在了上面，一是暖和下身子，二是躲避可恶的人类。谁知道，这身子还没暖和过来，天怎么就大亮了？再看眼前怎么还有张人脸，吓得一个蹦高地跳到地上逃走了。

小兔崽子得救了，小哥俩望着飞鼠远去的身影这才松了口气。吴小二突然觉得有些不对劲，怎么脸前有股骚尿味。

他定眼一看，哎呀，哎呀，我的妈呀！就见小兔崽子的棉裤裆里湿了整整一大块，正冒着温气呢！

小兔崽子一把提上棉裤，不好意思地说："刚才飞鼠就趴在我的命根子上，真是把我给吓尿了。"

"弟呀！你棉裤裆湿了那么一大块，这大冷天的泼泡尿都能冻上棍，别一会儿再把你命根子冻在湿棉裤裆上。还是拿只飞鼠垫裤裆里吧，保暖又防冻。"

得！都这样了，还打什么飞鼠啊，赶紧回家吧。就见小哥俩迎着正午的暖阳走在下山的路上，吴小二扛着两支气枪，背着飞鼠走在前面。小兔崽子夹腿猫着腰，双手捂着棉裤裆，扭扭捏捏地跟在后面。

想想那场景，都让人忍俊不禁啊！

二十一　吴老二买枪

　　话说吴老二这个人，虽是命里多灾多难，但他总能逢凶化吉。他总能给我们留下了一个又一个看似荒诞不经、滑稽可笑，但又千真万确、耐人寻味的故事。要按他自己的话讲，那就是："我吴老二的命硬着呢！不要迷恋你吴二哥，哥只是个传说！"

　　这不，说曹操曹操就到。吴老二一大早就跑江边来溜达，他摇头晃脑地哼着歌，边走边往江水里瞅。

　　他寻思，江湾上面的水电站这几天又开闸放水了，说不定有大鲤鱼被冲出高高的大坝，摔得昏死在坝下的江水里。正好捡条现成的回去，让家里的老娘们收拾下拿大铁锅给炖上。锅边再贴上两圈苞米面饼子，来个香喷喷的一锅出。这小热炕头一坐，再喝上一壶自己酿的高粱小烧散白干，那小日子有多美呀！

　　正瞅着，就见江边的水里有个黑乎乎的东西在动，他随手捡块石头就扔了过去。水里的东西先是扑腾了两下，水面泛起了层层水花，过了一会儿就没了动静，这东西贴着水皮顺着江

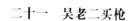

二十一　吴老二买枪

水就往下漂。

吴老二一看，这一石头一定是打到什么东西了，像鱼又不是鱼，更像一只野鸭子。他一路小跑地追了过去，脱下棉衣、棉裤和棉鞋下水给捞上岸来。这也不是野鸭子，竟然是一只又肥又大的水獭。

要说这水獭也是够倒霉的了，本来清早在岸边的江水里戏水玩耍，活动活动身子骨。谁知道，天有不测风云，兽有旦夕祸福。天降横祸，一块天外飞石正砸中它的眼眶，一下子就晕死了过去，白白地丢了性命。

这给吴老二可乐屁了！鱼没捡着，却捡着个大水獭。虽然刚入冬的水獭皮还不算值钱，但那也得值个四五百块啊！这溜达一圈白捡了四五百块钱，要是你你不高兴啊？

这可又给吴老二嘚瑟坏了，不管是在村头巷尾，也不管是有话没话，逢人就唾沫星子飞扬地显摆这件事。这给村里人听的耳朵里都起了老茧，可是他依然是意犹未尽。他坚定不移地走着自己的路——让唾沫星子再飞一会儿吧！

他把村里的人都闹得腻烦了，也实在是让人受不了，就有心直口快的人对吴老二说："你别一天天的净拿这事吹牛了，你那就是瞎猫碰到个死耗子，你牛什么牛啊？你哪次不都是这样赶巧的吗？有能耐，你就拿枪去打个狍子给大家伙开开眼啊！"话后，人群中传来了阵阵的嘲笑声。

这话就像是一把尖锐的锥子，深深地扎在了吴老二的心口

上山的兔子，下山的猪

窝上，这把他疼得一下子从睡梦中清醒了过来。他心想，我这又是遛野猪又是打水獭的，也没比二秃子他差到哪里去，可是大家伙还是看不起我。我就是不蒸馒头也要争口气，我非得打个狍子给他们看看，我吴老二也不是吃干饭的。

吴老二仔细一琢磨，这又让他犯了难。每次打猎自己干的都是赶幛子（赶猎的意思）的活儿，从来也没有拿猎枪打过活物。家里就有一把气枪，要拿这枪去打狍子，自己都不敢相信能把狍子打死，这枪也就是能给狍子挠挠痒痒。

吴老二一咬牙一跺脚，得！这不是白捡了个水獭吗？卖了五百多块钱正好能买把好猎枪，这样以后村里再组织去围猎，也没人说我是去混了。想到不如做到，他带上钱，搂着二秃子就坐上车去县城买枪。

二秃子是玩枪的行家，什么枪他没玩过？不管是军用的还是民用的，他都跟着人家部队的人一起打过靶，连大炮都摸过，吴老二找他来帮着挑枪算是找对人了。他俩马不停蹄地来到了县城的民爆器材商店。

吴老二瞪大了眼睛，看着柜台里摆的几种猎枪，他一下子就傻了眼，这是要选哪个才好呢？

二秃子不慌不忙，一把接过吴老二手里攥着的厚厚的一沓老头票，往柜台的玻璃上一拍说："售货员，给我拿把辽宁抚顺出的双筒猎枪。"

售货员一看，哎呀！这个土老帽识货呀！这枪质量杠杠的，价格又便宜。不预定，你都买不着，厂家的货早就供不上了。

　　"对不起，你说的枪早卖空了。要想买得预定，要等半个月后才能来货，要不选条别的枪吧。"售货员微笑着说。

　　"就要我说的枪，预定就预定，等半个月就等半个月。"二秃子斩钉截铁地说。

　　吴老二啥事都听二秃子的，两个人交了订金，拿着售货员盖着印章的白条乐呵呵地走了。那天，老抠吴老二，破天荒地在县城里的小饭馆请二秃子喝了顿酒。要说这下酒菜也是够硬的，一盘尖椒干豆腐，一盘"奉陪到底"。要问，"奉陪到底"是什么菜啊？说出来有些好笑，油炸花生米呗！

　　等枪的日子，让吴老二备受煎熬，那真是度日如年。吴老二望眼欲穿，吃不香也睡不好，好不容易挨到了取枪的日子。买枪是二秃子陪着去买的，取枪本来也应该叫上他。这么贵重的东西，你不得当场验验枪，看有没有什么毛病，挑把顺手的才好。可老抠吴老二又怕取完枪还得请二秃子去饭馆吃回饭，这不是要了他的血命了嘛！想了想，还是自己一个人去吧，上次去买枪连给二秃子买车票带请他吃饭的，可是花了五块多呢。自己去，中午饿了就买个两毛钱的火烧吃，这得省多少钱啊！

　　到了地方，吴老二凭着白条顺当地取了枪，背着双筒猎枪美滋滋地刚要走。人家售货员就问他："你不买点子弹？没子弹你买枪打什么呀？"

　　吴老二一想，人家售货员说得对呀，子弹必须得买点，少买点意思下就行了。二秃子的枪和这枪是一模一样的，子弹打光了就去蹭他的，反正二秃子家里有的是子弹，这又能省下一笔钱。于是，他只买了十颗打狍子用的独子和五颗打野鸡用的大粒沙子。

枪如愿以偿地拿到手了，这可把吴老二给稀罕坏了。回到家已是半黑天，他家老娘们把热乎的饭菜都端上桌了，他也没心思吃半口，坐在炕沿上低着头只顾摆弄枪。晚上睡觉的时候，吴老二也没心思跟他老娘们在一个炕头睡了，抱着枪来到了小屋，硬和儿子挤在小炕上，搂着枪美美地睡了一宿。

早上起来，天还没有大亮。吴老二顶着灯光，又把枪从里到外擦拭了一番。这枪让他擦得油光锃亮，枪筒都差不多能当镜子照了，他才心满意足地把枪放下。看天亮透了，着急忙慌地就着咸萝卜头喝了碗苞米粥，背着枪就出了屋。

吴老二可不是赶早冒寒地背着枪上山打猎去，那他这是要干什么呀？出门显摆枪呗！有了这双筒新猎枪，他不好好嘚瑟嘚瑟，那他都不叫吴老二。村里的道上没人，甚至连条狗都没有，谁大冷天的早晨在外面转悠啊！看家家户户的房顶冒着烟就明白了，这都是在家猫冬吃饭呢。

道上没人不要紧，没有什么能够阻挡吴老二的脚步。他背着枪选了几户人家就去串门，门串够了他又背着枪去小卖店转悠。买上一包烟赖在人家小卖店一上午，一边抽烟一边给来买东西的人显摆着他的新枪。

　　下午村里开社员大会研究山场的事，吴老二一看机会来了，背着枪牛哄哄地就进了村会场。谁都知道吴老二他这是唱的哪出戏，这给大家伙乐得一个个前仰后合，连睡觉的都睡不着了，会场的气氛是热闹空前。

　　有人逗吴老二说："老二呀！你这是要造反啊？怎么地，这山场要是分不明白，你拿枪把村干部挨个给毙了呀！"

　　"净瞎扯！哪有这码事。不是有人说我吴老二没拿枪打过猎吗，我刚买了把双筒猎枪，寻思开完会直接就上后山打个野鸡、兔子什么的给大家伙看看，这不就把枪背来了嘛。"吴老二解释着说。

　　"好啊！好啊！吴老二，你这话说的像个爷们！走吧，还开什么会，上后山去！"大家起着哄。

　　"都给我消停消停，别闹了啊！这一天天没大没小的，也不分个场合。这是开大会，你们不知道吗？我说老二啊，野鸡、狍子、野猪什么的都可以打，东北虎咱可不能打啊！上面有文件，国家有规定，打了犯法，那可是要蹲笆篱子（监狱的意思）。好了，静一下，开始开会。"老村书扶了扶老花镜，一本正经地说。他这两句话，一下子把大会推向了高潮。

　　会后，大家哄闹着就要和吴老二上后山。本来吴老二就是随机应变地说说，没想着上山去打猎。这枪他还没打过，心里也没底。怎奈说出去的话，泼出去的水，那是收不回来的。在会上当着大家伙的面都把话撂下了，去不去你都得去，只好硬

上山的兔子，下山的猪

着头皮和村里的七八个人，带了三把枪就往后山走。

大家都知道吴老二以前打枪挺臭的，再说他刚买的新枪没校对过，更不可能打得准了。在路上，大家就加着杠和他打赌，要是他能打到猎物，下山回来大家请他喝酒，要是打不到他请大家喝酒。

吴老二心想，我这也不能让大家伙笑话啊。狍子、野猪什么的不敢说，野鸡、野兔有的是。我的运气一直都那么好，说不定就能打一只。于是，他又硬着头皮应了下来。

山上野鸡确实多，刚到山脚就看到一只火红的大公野鸡站在地边。吴老二说："都别动，让我来！"说着他就端枪瞄准，扣动了扳机。

就听"咔"的一声轻响，枪竟然没打响。吴老二一愣，大家伙也跟着一愣，这是咋回事啊？吴老二故作镇静，接着又扣动扳机，"咔"的又是一声，枪还是没打响。吴老二不信邪了，又"咔！咔！咔！"连着扣了几次扳机，枪还是打不响。

吴老二懵了，掉过枪口就想往里看。二秃子眼疾手快一把就把枪夺了过去，破口大骂道："你疯了，你找死啊！带子弹的枪口你也敢看，这个时候枪要是响了，还不把你脑瓜盖掀没了！"

这么一折腾，野鸡也就飞跑了。大家也没了打猎的心情，还是下山喝吴老二打赌输的酒吧。吴老二心不甘情不愿地安排大家喝了顿酒，这让他是又心疼又窝火。这新买的枪怎么就这么不长脸，第一次打都没见个响。

这么贵重的枪打不响，吴老二怎么能是个心思，还得找二秃子给看看枪。二秃子不愧是老猎手，对枪械那是再熟悉不过了，闭着眼睛都能把枪拆卸了。可是他查来查去，也没发现这把枪哪里有毛病。

这让二秃子不服劲了，摆弄了多少年的枪了，还没有他玩不明白的。他把自己的枪也给拆了，拿两把枪的零件挨个对比。别说，这下子还真就让他给找出毛病了。他发现吴老二枪的撞针要比他自己枪的撞针短上一点。他把自己枪的撞针换在吴老二的枪上，来到房后"砰"的一声，这枪打得那叫一个脆声。妥活儿！小毛病，换个撞针就完事儿。

吴老二总觉得这顿酒请得太亏，这不是输在人上了，而是枪出了问题。现在枪整明白了，他就想找个机会补回来。赢回一顿酒是小事，关键是把面子找回来，可别让大家伙一天到晚拿他寻开心了。

于是，吴老二没事就去找大家闲唠嗑，还要接着再打个赌。可是谁都明白他的心思，谁也不上当。这把他给急得是抓耳挠腮，心想，我吴老二非得山上去打个大家伙回来堵住大家的嘴不可。

可也是巧了，吴老二家房东头的邻居在后山砍柴火时看到两只狍子，隔着院里的栅栏有意无意说了一嘴。这话可让吴老二听心里去了，心想，这不正是千载难逢的好机会吗？过了这

上山的兔子，下山的猪

个村可就没了这个店啦！

吴老二背上枪，偷偷地去找二秃子。他想，打到狍子的话，回来就能堵住大伙的嘴。即使打不到，就凭二秃子的为人也不会回来扯老婆舌。

二秃子一听有狍子打，心想，这可是好事，要说还是干亲家，有什么好事还不忘了我。两个人都有枪，怎么还不弄只回来解解馋。他二话不说，拿起猎枪就和吴老二一起上了山。

你还别说，吴老二家邻居的情报还真可靠，到了他说的地方就看见雪地里有两趟袍子的脚印。追吧！他们一连翻了两道山梁还没看见狍子的身影，看来是过路的狍子怕是追不上了。

吴老二唉声叹气地说："我这个命啊！不用枪怎么地都行，这一拿枪打个猎怎么就这么费劲呢！"

二秃子说："你可别唠叨啦！咱抄近道撵，从前面那道山梁翻过去，能省不少劲。"

他俩闷头就走，走着走着，二秃子一把拉住吴老二，给他递了个眼神。吴老二一看，哎哟！有只二十来斤的小狍子正站在前面的雪地里东张西望呢。一般来讲，这么大的小狍子是没人打的，可此时的吴老二已经对能打到个猎物疯魔了。

吴老二举枪瞄了瞄，犹像着又把枪放了下来。他看这里地处背阴坡，雪特别厚，这小狍子明显跑不起来。就对二秃子说："二哥，我拿枪打不把准，还不如空手去抓活的有把握，还能省颗子弹，你别开枪打啊！"说完，他把自己的枪就递给了二

二十一　吴老二买枪

秃子，奔着小狍子就冲了过去。

小狍子一看有人来追它，就拼命往山上跑，可雪也实在是太厚了，没跑两步蹄子就深陷进雪里跑不动了。小狍子本能为了活命，还是拼着命地往山上挪。吴老二跟在后面拉开了架势，呜嗷叫唤地紧追不放。

这道山梁的那边就是悬崖，吴老二他知道这小狍子是跑不了。吴老二在前面撵狍子，这把二秃子乐得就跟在后面看热闹。眼看着吴老二就撵到了悬崖边，小狍子停了下来也不跑了。

吴老二上前就是一个饿狗扑食，不对，应该是饿虎扑食，就把这小狍子给按在了雪地里。他骑在小狍子的身上，嘴里不停地嘟囔着："我让你跑，我让你跑，你有能耐就跳悬崖跑啊！"

这小狍子先是一动不动地呼着白气，待缓过了神，趁吴老二不备，拼命地一蹬。就听吴老二"哎哟"一声，小狍子就蹿了出去，头也不回地直奔悬崖，毅然跳了下去。

就见吴老二满脸打了褶，冷汗这就下来了。小狍子这一蹬，正蹬在他的裤裆上，要不是有厚厚的棉裤隔着，一准没个好。二秃子看着吴老二，得！这又整这么一出，那真是哭笑不得。

再说那只小狍子，不愿忍受吴老二的胯下之辱，宁死不屈地跳了崖。这悬崖有三四十米高，下面还有石头碴子，它跳下去必死无疑。

吴老二和二秃子转了个弯来到悬崖下，四处找狍子也没见个踪影。活不见狍子蹄印，死不见狍子尸首，难道这狍子它还成精了？明明看见它从山顶跳下了悬崖，这怎么就没了呢？

他俩抬头一看，哎呀！这真是邪了门，小狍子正挂在离山顶几米远悬崖的一块碴子上，是上也上不去，下也下不来。狍子仿佛正在嘲笑着吴老二，有能耐你就来抓我呀！

这把吴老二给气的，怒吼着说："二哥，你就别动手了。今天我不给它打下来，我都没法在村子里混了。"

吴老二抬枪瞄准，"砰"就是一枪。哎呀，没打掉！"砰"又一枪，哎呀，还没打掉！得！"砰！砰！砰！"……十颗独子铅弹可就打光了，可小狍子还是好好地挂在那里呢！

吴老二仰着脖子傻眼了，心里合计着，我的枪法怎么就这么臭，连着十枪打个一动不动的狍子都打不着！他正琢磨着怎么给自己找个台阶下。林场的工人下班正好路过，领头的背了把快枪，看着挂在悬崖上的狍子就对吴老二说："我帮你打下来吧。"说完他抬手就是一枪，小狍子还是一动不动地挂在那里。领头的又说："狍子肯定是死了，没准是腿别在碴子缝里拔不出来了。"他让手下的工人帮忙，拿伐木用的绳子上山顶顺下人把狍子拿下来。

人家说得一点没错，果然是小狍子的腿卡在了碴子缝里动弹不了。狍子被扔下了悬崖，大伙走进一看，得了！别要了！这小小的狍子满身都是血窟窿。二秃子翻过来翻过去地仔细数了下，一枪不少整整十一个弹孔。子弹打进去是衣扣大的小眼，可是出去就是拳头大的窟窿。狍子都快被打烂了，哪还有没什么好肉了，这还要它干啥，都不够往回拿的功夫钱。吴老二他不干，拼死拼活也要把小狍子给拖回去，还说什么要拿狍子身上属于他的十个窟窿眼，来堵住村里人的嘴。

村里的人看着吴老二拖回来的狍子，这下子可是没人再笑话他的枪法了。只是小狍子怒蹬吴老二棉裤裆，宁跳崖寻死不受胯下之辱的事儿，还是不胫而走，又成了村里人闲扯谈论的最新热门话题。得！二秃子他也不是个嘴严的人呀！吴老二他又睡不好觉了。

二十二　黑瞎子

　　这年，二秃子带着村里的人进行了当年最后一次围猎。腊月二十八晚上，二秃子吃过饭，拿出枪布和枪油，坐在炕头上擦着他心爱的双管猎枪准备封枪过年。这是他给自己立下的规矩，他说大过年的再开杀戒总是有些不吉利，所以每年到了腊月二十八，他都要封枪到来年的正月十五。

　　二秃子正擦着枪，一辆绿色的吉普车开到了他家的大门口停了下来，车上下来两个穿着军用棉大衣的人。

　　"二秃子在家吗？"门外有人在喊他。二秃子听到有人找他，忙放下枪出了屋。

　　"哎呀！这是什么风把魏连长给吹来啦！我说的嘛，今天早上出门就看见喜鹊在大杨树上叫，一定有贵客要来到。果不其然啊！进屋坐，快进屋坐！"

　　来者何人？正是县里武装部的魏连长。二秃子是村里的民兵连长，他俩在民兵训练的时候就接触过，也算是多年的朋友了。

魏连长和一个当兵的跟着二秃子就进了屋，他看见躺在炕上的猎枪，不由地乐了，一脸兴奋地对二秃子说："你这是准备上山打猎吧？正好，我也是为这事来的，和我一起去打次猎吧！"

二秃子一脸疑惑地看着魏连长说："你要去打猎？我这可不是要去打猎，我这是擦枪准备过年封枪了啊！"

"什么？二秃子，你可一定要帮我这个忙，明天说什么也要和我进山打猎去。怎么也得打只狍子野猪什么的回来，我等着有急用。"

二秃子心想，魏连长要野鸡野兔的还好办，家里就有现成的。狍子肉和野猪肉家里也有，围猎分的肉还没吃几块，都埋在雪堆里冻着呢。可是人家要整只的狍子和野猪，那可真就是没有了，全村里都翻不出只整个的。就算是上后山去打，这刚围完猎，能不能碰上猎物还是一码事，这让二秃子有些犯了难。

魏连长看出了他心思，说："二秃子，你也别犯难，你只管再找个打猎的好手跟我去就行了。我都安排好了，枪都不用你们带，就用我们的半自动步枪。咱们去林场的山上打去，那里狍子野猪有的是，你就只管打吧！"说完，他给旁边的小当兵的递了个眼色。

小当兵出了屋子，一转眼又抱着两套军用的棉大衣、棉帽子、大头鞋回来堆在了炕上。

二秃子一看这些东西都愣住了，简直不敢相信自己的双眼。

上山的兔子，下山的猪

要知道在那年代，军用品就是奢侈品，不但质量杠杠的，而且还比较时尚美观，这些东西可是大家连做梦都想拥有的物件啊！

二秃子看着这些东西，就知道这猎是肯定要打了。并不是图人家给的这些东西，就凭魏连长的这份诚意，这是看得起二秃子不是？还怎么能好意思拒绝？再说，要去林场那里拿部队的快枪打猎，这对二秃子的诱惑力实在是太大了。

林场是不让外人去打猎的，那里的狍子和野猪贼厚实，运气好了一天打个六七头野猪也不是什么事，只要有人帮忙能运下山。有半自动步枪配上个有经验的老猎手搭档，就是碰到野猪和黑瞎子也不怕，瞄准"咣咣"地就是个扣扳机，一准能拿下。这半自动步枪一次能装十发子弹，这可是战场上用的真家伙啊！枪有劲，穿透力也强，击发还特别快，就算是挂了甲的野猪也白搭。

到林场打猎二秃子还是有把握的，只要是有猎物就行。半自动枪在手里想怎么打就怎么打，这枪对二秃子来说也是比较熟悉，民兵打靶的时候他打过，而且打得神准。

没啥说的，二秃子还是很痛快地把这件事给应了下来。魏连长这才放下了心。

其实，这魏连长急三火四地来找二秃子去打猎是有原因的，他这是为自己调动工作做准备呢。

话说这魏连长本是南方人，他来到人生地不熟的东北当兵，完全是靠着自己的努力从战士提到了干部。他一直想调回老家工作，可是苦于没有机会。这不，他刚得到个消息可以调回南方工作，听说有好几个人写了调动申请，而名额只有一个。这竞争性也实在是太大了，不想点办法是不可能轮到他头上的，幸好他从别人那里打听到主管调动的领导喜欢吃野味。野鸡野兔这些东西花钱活的都能买到，狍子野猪什么的只能买到肉但买不到整只的。办这么大的事不送整只恐怕不行，所以就急着找二秃子来帮忙了。

魏连长走后，二秃子想了下，喊来村里的大福的一起去。大福的一看这一套崭新亮绿的军用行头可是乐屁了，立刻就穿上美了起来。要说这大福的枪法在村里也是数得着的，平常打猎都是他们两个人搭档就够了，人多了用不上不说，还得多分份猎物。他俩进了山一左一右相互地照应，时间长了两个人配合得也就默契了，一个眼神，一个口哨，互相能听明白是什么意思。别人打不着猎，他俩进山就从来没空过。

第二天一大早，魏连长带着两个当兵的开着吉普车拉着二秃子他们向林场开去。五把枪一人一把，魏连长还特意多给了二秃子二十发子弹。二秃子和大福的拿着枪心里美滋滋的，能用这样一把快枪打次猎，那是多少猎人的梦想啊！这手感，这枪身，看在眼里养眼，拿在手中舒心。

车一直开到了林场的院子里，林场冷冷清清的，职工都放假回家过年了，只剩下打更的老头和他老伴。二秃子问打更的

上山的兔子，下山的猪

老头最近林场的山上出现过什么动物，老头说野猪和狍子经常能看见。前几天上山伐木的工人还碰见黑瞎子了，还好没有伤到人。

一听有人碰见黑瞎子了，二秃子眉头一紧，忙把魏连长他们叫到跟前。他千叮咛万嘱咐遇到野猪和黑瞎子一定不要贸然开枪，就是开枪也是他先打，别人千万不要动手。

魏连长一听这话就有些不高兴了，不耐烦地说："二秃子啊！好歹我们也是部队出来的，子弹打的要比你多，枪法也不比你差，你就一百个放心吧！"

魏连长带来的一个小当兵的更是一脸的不服，他可是有名的神枪手，打靶基本上是不跑十环的主。二秃子从他们的眼神里也能看出什么，也就不好再说什么了。

大家整理了下各自的装备，背着上了膛的枪就开始进山了。二秃子在左边，大福的在右边，魏连长领着两个当兵的跟在后面。

打猎最忌讳的就是笔直地站一排前进，这样太危险，互相照应不到。把人员散开才是最好的方法，这样每个人的视野都够宽阔，更容易看见猎物，避免危险。

很快，在山脚下的灌木丛里发现了一只花野鸡。二秃子瞥了一眼枪都没动，心想，用这半自动打野鸡实在是太浪费了，一颗子弹过去还不把这小野鸡给打烂啦！

魏连长和那两个小兵一见野鸡眼睛都直了，纷纷端起了枪，但两个小兵看连长要打忙把枪又给放了下去。魏连长的枪是响了，可野鸡扑棱着翅膀也飞起来了。竟然没打到，魏连长他哪里肯罢休，"砰！砰！砰！"又是几枪跟了过去，枪的清脆响声震得树上的积雪纷纷落了下来。

野鸡大概是被这杂乱的枪声给吓懵圈了，是飞也不会飞了，屁股一沉就掉落下来，头死死地扎进了雪里不敢动弹。

"打中啦！打中啦！"魏连长兴奋地喊着。

猎人都知道野鸡这种鸟一旦受到了惊吓感到有危险，一般会把头伸进草丛里逃避，它自己觉得眼睛看不到危险了，也就不存在什么危险了，这就是所谓的眼不见心不怕。要不老猎人给了野鸡一个生动形象的评价，那就是"顾头不顾腚"。

开车的司机兵一看野鸡被他连长给干下来了，兴奋地背着枪蹚着雪就奔了过去。他走到野鸡跟前的时候发现野鸡的屁股还在动，心想，这野鸡还没死可别跑了，我得再给它补上一枪。于是，他端着枪慢慢地伸向了野鸡的后屁股。

"咣"的就是一声，野鸡吓得从雪里拔出头，扑棱着膀子又飞走了，这次它彻底地飞出了大家的视线。大家先是一愣，接着二秃子和大福的忍不住哈哈大笑起来。魏连长气得也不说话，脸上一会儿白又一会儿青的。司机兵看看枪也明白是怎么回事了，给他臊得一脸通红，恨不能像那野鸡一样，一头也扎雪窝里。

原来小司机兵看着眼前的野鸡是又紧张又兴奋，当枪触到野鸡的后屁股时，给他激动得嘴里高喊一声"咣"，而忘记了开枪。所以这枪声是他嘴里发出的，野鸡被他一声高喊和枪管一捅，吓得又拔起身来飞跑了。这一惊一乍的，确实给这只野鸡吓得够呛。

要说这打猎和打靶虽然都是用枪瞄准打，表面看上去都是一回事，但在环境上还是有着很大的区别。打靶是打静止不动的死物体，按程序卧倒，据枪，调整呼吸，瞄准，边瞄边扣动扳机，那还能打不准？

打猎打的是活物，难免会让人过于紧张兴奋。差之毫厘，谬之千里，枪口轻轻一抖，子弹也就跑偏了。野鸡野兔的不可能老老实实地站在原地不动等着挨枪子，你得把握时机快速反应。等你卧倒好，架好枪，瞄好准，弄不好人家野鸡野兔也都回窝了，那你还打个什么？

打猎的随机性太强了，没有丰富的经验和随机应变的能力还真就是不行。往轻说丢个人闹个笑话也就算了，往重说那可是要闹出人命的。想想，小司机兵如果拿枪顶着一头野猪的屁股，嘴里再"咣"的放上一枪会怎么样？野猪不拱死他都算他命大，一定是上辈子积德。

猎人一般是不带新手进深山打野猪这类大型动物的，因为野猪怒了都会攻击人。更何况要是碰到黑瞎子了，你不惹它它都会攻击你。枪在你手中能够灵活使用才称得上是武器，你要是临阵恐慌乱了阵脚，枪都不如一把砍柴刀实用。也就是魏连长请求二秃子来打猎，要不他是绝对不肯带人进这深山老林来打猎的。不是怕打到猎物还得分一杯羹，而是怕来的人不听指挥发生意外。

二秃子安慰着说："没事，没事！这第一次进山打猎出点乱子都是很正常的事。我第一次跟着师傅打猎也没好到哪里去，我那时连枪都不敢放呢，好不容易把枪给放响了，吓得我一个高就把枪扔地上了，给我师父气得上来就给了我两个大耳刮子。打那以后就好啦！"

这两句话一下子缓和了尴尬的气氛，小司机兵还自觉不自觉地用手摸了下脸，好像是在体会着两个大耳刮子过后到底是个什么样的感觉。

"魏连长！打活物要上打脊梁下打腿，宁瞄头前不打尾，这都是我师父教我的。你的枪要是调的表尺3的话，就瞄猎物的后屁股下试试，应该能打在脑袋上。"二秃子笑呵呵地说。

一队人继续前进上山，当他们爬到半山腰的时候，太阳也跟着爬得老高。阳光射在茫茫的白雪上，晃得眼前直闪光。大福子眼睛一亮，一挥手说："别动！看，那边的草丛里有只野兔子。"

果然，一只灰色的野兔正在山丘露着黑土的草丛里扒拉东西吃，这野兔的后腚朝着大家还没意识到危险。二秃子给魏连长递了个眼神示意让他打，魏连长有些犹豫，怕再打不到丢人现眼。

上山的兔子，下山的猪

"打呀！稳住了打没问题。"二秃子鼓励着说。

魏连长看推不过去了，站立着端起了枪，一枪打过去，野兔一个趔趄趴在了地上，紧接着歪扭着身子就要往草丛里跑。

这时候二秃子猛地端起了枪，"砰！"兔子被打得头一低腿一软，倒在草丛里一命呜呼。

小司机兵跑过去把兔子拎了回来。这兔子死得太惨了，右后腿被魏连长一枪给打断了，头又被二秃子一枪给打爆了。魏连长看着兔子一脸惊讶，对二秃子是心服口服。

二秃子叮嘱大家说："再往前走，就是打更老头说的有野猪和黑瞎子出没的老林子。千万不要随便开枪，碰到野兔野鸡什么的小猎物就不要打了，别把大猎物给吓跑了。"

打更的老头说的没错，在老林子里碰到了一小群野猪。二秃子数了下正好有六头，两头大的能有二百来斤，剩下的几头也就是百八十斤的样子。这群野猪根本就不怕人，看到二秃子他们，也只是抬头看了看然后继续低头拱着树下的一块黑土。

魏连长一看到野猪不由得高兴起来，双眼直勾勾地盯着那头大猪，心想，这下子可有大野味送礼啦！拿这二百来斤的大野猪送给领导过年，领导他还能不高兴？这调动工作的事不就妥了嘛！谁能送这么厚重的礼品啊？这可是可遇而不可求的野味啊！

魏连长急切地问："二秃子，你说怎么打？就打那头大个的吧！"

"嗯！我和大福子先开枪一起打那头最大的，你们三个后开枪一起打那头第二大的吧，一定要打脑袋啊！"二秃子镇定地说。

一听这话，可把魏连长和他带的那两个小兵美坏了。这第一次打猎就碰到了大野猪，还能亲自拿枪打，多过瘾啊！魏连长对两个小当兵的说："我先开第一枪，你俩紧跟上！"两个小当兵的当然听领导的，他俩小鸡啄米般的直点头。

要说打猎哪有这么分两伙人打的，这第一声枪响过后，野猪不炸窝四处乱窜都怪了。第二枪要是打晚了，也许连个猪毛你都摸不着，野猪早就跑没影了。野猪的爆发力还是很猛的，没见过野猪跑还没见过家猪跑吗？二秃子这样安排的目的是必须把那头大个的野猪放倒，这样也好对魏连长有个交代。接下来那头第二大的猪，就让魏连长他们三人随心所欲地打吧，管他打得着还是打不着的，那就是他们的事了，总不能让他们眼巴巴干瞅着吧。

当然，这第一枪绝对不能让魏连长他们开，如果他们开了第一枪，那可就不敢说还能不能留下一头野猪了，这一点二秃子和大福子心里都有数。一瞬间，五把军用步枪指向了这群还不知道大难临头的野猪们。

二秃子和大福子几乎是一起勾动了"勾死鬼"。什么叫勾死鬼，就是枪的扳机。为什么叫勾死鬼呢？这是猎人给枪扳机起的一个更加形象贴切的名称。这一勾扳机开了火，枪就有了杀伤力，有了杀伤就有去见阎王报到的，阎王那里收留的都是些什么东西呢？除了鬼就还是鬼吧。不管是人还是动物，在黑洞洞的枪口下丧命的都可以统称为鬼吧。

魏连长和他的两个小兵一听枪响了，这也分不清是谁先谁后开的了，"砰！砰！砰！……"枪声乱作了一团。本来这五六式的半自动步枪是单发的，是一枪一枪地打，那枪声应该是一声接着一声的脆响。这下子可好玩了，三个人乱枪齐发，硬是给打出了冲锋枪的节奏。

寂静空旷的山谷也跟着热闹啦！枪声连绵起伏，回荡不绝。枪声中夹杂着野猪的嚎叫声，一群鸟被惊得从林子里拼了命地飞了出来，几只小松鼠被吓得焦躁不安地钻进树洞里。

待枪声震起树上的雪花尽落，魏连长他们这才意思到勾死鬼早已勾不动了。他们定眼一看，一群野猪只剩下最大的那头躺在树下的雪地上，其余的都在枪声中神秘地消失了。

二秃子对魏连长他们喊："赶紧换子弹！"说完，和大福的一起冲着被撂倒的那头大野猪跑了过去。这头野猪身中两枪，一枪打在头上，一枪打在后脊梁上。不管是二秃子和大福子谁先开的枪，这两颗子弹应该都是奔着野猪的脑袋瓜子去的。只不过是先开枪的正中脑袋，紧跟着的那颗子弹由于野猪中弹一动又打在了脊梁上。

这可把魏连长给乐坏啦，领着那两个兵换上新弹匣屁颠屁颠地也跟了上来。他看到这头大野猪，一个劲地夸二秃子和大福的枪法好。

高兴过后，魏连长头一耷拉又蔫了。那两个小兵也是垂头丧气的，你看看我，我看看你，一起又看看魏连长。

魏连长的心里像是倒了一个五味瓶一样，很不是个滋味。这三个当兵出身的正规军，其中还有一个神枪手。三十发子弹射出去了硬是没撂倒一头野猪，让野猪带着伤跑掉了。反倒是让两个"土八路"一人一颗枪子就放倒了一头个最大的，这样的结果让他一时难以面对。

二秃子说："魏连长，你让那个司机兵拿好枪留下来看着这头野猪，咱们去追你们打伤的那头去。"魏连长和神枪手跟着二秃子和大福的沿着受伤野猪的血迹就追了上去。

在路上发现了一块野猪掉下的板油，大福的看着板油说："一定是打到猪的肚子上了，板油都被打漏了。猪跑不了多久，追上它再补两枪就完活。"

追过一个山冈，二秃子和大福的知道离野猪越来越近了。看野猪的蹄子印越来越沉，看前蹄印的间距也是越来越短，这就说明野猪已经不是在跑而是在走了。再看看血迹也是越来越密，板油掉得也是越来越多，这也说明野猪已经没了体力，在做最后的垂死挣扎。

他们追到一片大树旁的树棵子边，二秃子和大福的停下了脚步，二人对视了一下目光又瞅向了棵子里。二秃子对魏连长说："我们还是下山回去吧，等明天再来找这头野猪吧。"

上山的兔子，下山的猪

　　这话让魏连长和神枪手听得有些纳闷，明知道这头受伤的野猪就要不行了，眼看着就要追上了，怎么就这样放弃了呢？为什么还要等明天再来找猪，二秃子他这是弄的什么名堂啊？这让魏连长他们很不甘心，端着枪就要进树棵子里找猪。

　　大福的一把拦下说："魏连长，就别进棵子里追猪了。你可能不知道我们这有句老话，猛兽钻树棵，再追要伤人。还是听我们的，等明天再来找吧。"

　　二秃子和大福的都知道，野猪虽然受了伤，但它钻进了树棵里就很难找了。树棵里面视线不好，险象环生，弄不好还有其他的野兽。就算是野猪已到了垂死挣扎的地步，它要是冷不丁蹿出来给你最后一击，那后果也是不堪设想的。

　　二秃子知道魏连长心有不甘，只好让大家在树棵边再等等，就是谁也不准走进去。这让魏连长有些郁闷，他转身来到一棵大树下，随手把枪倚在了树干上，一屁股坐在树根上抽起了闷烟。

　　魏连长边抽烟边想，二秃子他们说的也确实是有道理，这也都是为了他的安全着想，要是真出个什么事，那可就得不偿失了。再想想山下的那头大野猪，他心里还是美滋滋的，毕竟这次打猎没白来啊！透过吐在眼前的蒙蒙烟雾，魏连长仿佛看到了自己正手拿调令，背着行囊，欢天喜地踏上了回乡的火车……

　　谁曾想到，正当魏连长靠着大树舒舒服服地抽着香烟，做着美梦的时候，他带来的神枪手小兵却沉不住气了。

神枪手心想：干站在这里傻等着野猪出来也不是个办法啊！我何不来他个敲山震虎，放上两枪，把野猪给吓出来岂不是最好？即使不能把野猪赶出树棵，也能把它吓得在里面动一动，这样就能找到它的位置了。

神枪手想到做到，端枪对着树棵里"砰！砰！"瞎打了两枪，打完瞪着眼睛往里面看动静。二秃子和大福的被这突来的两声枪响吓了一跳，也迅速地端起枪指向了树棵里。

三人聚精会神地瞅着树棵里，半天也没见个动静，突然"啊"的一声惨叫，把他们的眼神从树棵里拽了出来，三人的头齐刷刷地转向了身后的魏连长。

"啊！黑瞎子！"三人不约而同地发出了惊叫声。眼前的情景令人心惊肉跳，毛骨悚然。

就见一只胖乎乎亮锃锃的黑瞎子，正张牙舞爪地坐在魏连长身上。身下躺着的魏连长毫无招架之力，身子被压得陷进雪地里，露在外的腿正拼命地乱蹬着。

这是从哪里冒出来只黑瞎子呢？二秃子他一看就明白了。很显然，黑瞎子是从魏连长身后的一棵枯树洞里钻出来的。黑瞎子这种动物在冬季里是要冬眠的，一般是找个挡风遮雪的树洞钻进去睡大觉。

本来这只黑瞎子窝在树洞里睡得正香，二秃子他们这伙人追野猪就来到附近的树棵。后来魏连长一个人在枯树旁的一棵

上山的兔子，下山的猪

树下抽烟，这些都无关紧要并没有影响黑瞎子休息。坏就坏在神枪手放的那两枪，瞬间就把这黑瞎子给惊醒了。

打个比方，一个人正沉浸在美梦中，突然被别人放了个炮仗给吓醒了会怎么样？更何况是这脾气暴躁的黑瞎子了。这只黑瞎子带着怒气就从树洞里爬了出来，用灵敏的鼻子轻轻一嗅，正闻到离他最近的魏连长，二话不说地扭着屁股就扑了过去。

魏连长的枪立倚在树上，人坐在树下，嘴里吐着烟圈正想着回家的美事，他根本就没有一点防备，冷不防地就被黑瞎子一巴掌拍倒在雪地上。黑瞎子上前又是一屁股把他死死地压在了身下，接着它一张嘴伸出舌头照着他的脸就舔了过去……

黑瞎子攻击敌人的方式主要是用爪子和舌头，它的爪子锋利无比加上一身蛮力杀伤力极强，它的长舌头满长了倒枪刺，像把小刀锯似的非常恐怖。魏连长那细皮嫩肉的脸又怎能抵得住黑瞎子那愤怒的舌头，这一舌头正好舔在他的左脸上，顿时血肉模糊，"啊"的就是一声惨叫。

正当黑瞎子还要继续攻击魏连长时，二秃子他们也转过身来了。"黑瞎子！"来不及多想还是救人要紧，说时迟那时快，就见二秃子扬枪朝天就是一枪。

黑瞎子一听枪声，先是扭头一惊，然后站起身子气势汹汹地奔着二秃子他们就来了。二秃子他们一看机会来了，"砰！砰！砰！"对着黑瞎子就开了火。这回轮到黑瞎子惨叫了，它嗷嗷地高吼了几声，"扑通"一声倒在了雪地里。

"魏连长！魏连长！连长！"大家疾步跑上了前去。

还好，魏连长当时被黑瞎子压在雪里，当黑瞎子舔他的时候，他的头有意识地往雪里躲了一下，所以鼻子没被舔到。但是他被黑瞎子伤得可不轻，黑瞎子一舌头舔掉了他左脸一大片的皮肉。

二秃子忙从雪地上捡起魏连长的棉帽子给他戴好，用棉帽耳朵捂好他脸上的伤口，和神枪手一起搀扶着魏连长就往山下赶。大福的用刀给黑瞎子开了膛，取了熊胆，带上魏连长的枪，随后也跟了上来。他在半山腰喊上司机兵一起下了山，开着车去卫生所给魏连长包扎了伤口。二秃子回头找来几个当地的老百姓帮忙，拉着爬犁上山把野猪和黑瞎子拖了回来。

魏连长死里逃生捡了条命，脸上被黑瞎子舔的伤虽然没有什么大碍，但也留下了永久的伤疤。

事后，有人问起二秃子这件事，他意味深长地说："我二秃子自从学会了打猎就没怕过什么，但是自从那次和魏连长打猎后就让我害怕了，我打心底害怕了。我不是怕野猪，也不是怕黑瞎子，我是怕魏连长他真让黑瞎子给弄死了，我这一辈子还不得内疚死。从今往后，就是打死我也不带新手去打猎了。"

二秃子说得没错，有时候生猛野兽并不可怕，而让人可怕的正是你身边的人。用现在的话来讲，大概就是"不怕神一样的对手，就怕猪一样的队友。"

二十三　毛驴车

　　毛驴子这种牲畜现在很少见了，但在我小的时候还是经常可以看到的。毛驴子和马、骡子这三种牲畜不仅长得相像，性情相同，还有着剪不断理还乱的关系。

　　在这三种牲畜中毛驴子的个头比较小，虽说它有着"驴脾气"，但相对马和骡子来说还算是温顺的了。最有趣的是，马能生马，驴也能生驴，但骡子却不能生骡子。要问我这是为什么，我也说不清楚。反正是我没见过骡子能下崽，老人们也说骡子是不能下崽子的。骡子既然不能下崽，那么骡子是哪里来的？这个说来有些让人匪夷所思，甚至是有些搞笑。骡子是驴和马生出来的，这个可是千真万确的事实，你信也得信，不信也得信，反正就是这么回事儿。

　　回想起毛驴子，在我眼前总会浮现出这样一幅情景：一辆毛驴车晃晃悠悠地走在乡间的小路上，小路两旁有两排高高的白杨树，白杨树的旁边是田字格形的水稻田。赶车的人头上戴着一顶破旧的草帽，嘴里叼着一根老旱烟，不时地喊上一声"嘚儿，驾！"。

　　小时候每当看到赶毛驴车的人一副优哉游哉的样子，就别提有多羡慕了，心里想着要是能坐在毛驴车上颠颠簸簸地遛上一圈儿，那也一定是件很过瘾的事情。只是那时候拖拉机多了，马车、骡子车、毛驴车越来越少，很少有机会能舒舒服服地坐着毛驴车开开心心地玩上一回。

　　五年级的那年冬天，我和兴奎、小龙、球子、小四的聚在世德家写寒假作业。我们打算写完作业到世德家的机器房弄面疙瘩揪儿吃。什么是面疙瘩揪儿？面疙瘩揪儿就是用电动机器压冷面时堆积残留在出口的熟玉米面疙瘩。

　　作业不是什么难事，只要肯埋头写，互相抄抄就能应付过去。没用上一个小时，信手涂鸦的七八大篇作业就翻了过去，若是想着有好吃的在等着你，写作业就是这样的简单。

　　墙上的挂钟"当……当……当……"地响了十声，不用去看，你也会知道已是上午十点。世德听见钟响忽然想起了什么，自言自语地说："哎呀！差点忘了，该给钟上弦了。"

　　钟挂在墙上，装在一个紫檀色镶着玻璃的木匣子里。上面是带着时间和指针的钟盘，下面连着一个圆圆的、白光铮亮的钟摆。世德搬来凳子站在上面，伸手打开挂钟的木头匣子，在匣子的最底下摸出一把带着两片豆瓣尾巴的钥匙，钥匙插在上弦的孔里，他扭着手腕"咔嚓，咔嚓"地上着弦。

　　小四的边收拾作业本边仰着头问："世德啊！这也都到十

点钟了，你家机器房早压上冷面了，咱们去吃疙瘩揪儿吧？"

"走呗！这个点儿也应该能吃到了。"世德说完蹦下凳子。

世德家的机器房就在大道边上，离家不过三百米远的路。出了胡同就见机器房前停着辆毛驴车，有人正从车上往下卸东西。不用问，就知道这是有人来推磨压冷面了，远远地似乎闻到了面疙瘩揪儿的香味。

机器房里机器轰鸣、粉尘飞扬，地上堆着一排敞着口的面袋子，有的装着玉米面，有的装着大碴子，还有的装着冷面。有一家人两口子正在扎装满冷面的袋子口，女的扎好袋子口，男的就背出门装到手推车上。还有个黑不溜秋邋里邋遢的老爷们，等在压面机前准备压冷面。

这个黑老爷们我们比较熟悉，他是我们村二队有名的老光棍——毛驴子，一天到晚赶着毛驴车四处捡大粪。这个人比较令人讨厌，没给我们留下什么好印象。夏天的时候，几次在放学的道上碰见他，赶着毛驴车拉着大粪桶，从我们的身边飞驰而过，弄得臭烘烘的粪水四处溅落，吓得我们跳沟的跳沟，爬墙的爬墙，拧着鼻子四处躲闪。

世德的母亲正在机器旁压冷面，大家眼见机器口有一大块面疙瘩揪儿，眼神不约而同都盯在了上面。只是谁也不好意思伸手去拿，毕竟这是在世德家的机器房里，再说冷面也不是给他自己家压的。

小四的忍不住了，流着口水说："世德啊！你快去拿下来吃啊！再不拿掉地上白瞎了。"

　　要说这活儿也就得世德去干，既合情又合理。世德急着走上前说："妈！面疙瘩揪儿我拿去跟同学吃了啊！"伸手就要去抓。

　　世德母亲一摆手，摘下蒙着一层面灰的口罩说："别动，烫手！你戴上手套接着，我来给你们拿。"

　　这块面疙瘩揪儿金黄金黄的，虽然都有一个鹅蛋大了，但是一个人吃还算勉强，五六个人来吃，可谓是狼多肉少。一人只能分上一小块，都不够填牙缝的，还没品出个滋味已经下了肚。

　　等了一会儿世德又弄了两团，趁着热乎分给大家吃。这时那两口子的冷面已经压完了，他俩有说有笑地推着车子走了。该轮到毛驴子压冷面了。要说这毛驴子打光棍也是活该，压个冷面他都抠抠搜搜的。我们辛辛苦苦地等了半天，好不容易又盼出一个疙瘩揪儿，还没堆到鸡蛋大就被他一把给揪下。他也不怕烫着，哈着个嘴两口就给吃没了。

　　你说毛驴子吃就吃呗！他自己家的东西，想怎么吃就怎么吃，谁也不能跟你抢。气人的是，他吃完看看我们嘲笑着说："怪不得你们这几个馋嘴的小子等着吃疙瘩揪儿，这个玩意挺有嚼头的，热乎乎的，真好吃啊！你们是捞不着吃了，我家压的冷面，轮不到你们的份儿，我还不够吃的呢！要吃回家拿苞米面自己来压吧！"

上山的兔子，下山的猪

人有脸，树有皮。这让毛驴子给我们笑话了一番，给我们臊得一个个小脸通红，你瞅瞅我，我瞅瞅你，恨不能有个地缝就钻进去。

这时，世德的母亲厉声喊道："世德，你赶紧领着他们回家写作业，别在机器房里碍手碍脚的了。下午再来吃，有疙瘩揪儿我给你们都留着。"

大家垂头丧气地出了门，越想心里越不是个滋味。要说毛驴子他就是个捡大粪的老光棍，他是大家笑话的人。要是别人笑话我们也就无所谓了，让一个大家都笑话的人给笑话了，心里面有种说不出的憋屈。

这给兴奎气的，嘴里不停地嘟囔着："疙瘩揪儿吃得好好的，却让毛驴子那熊样给笑话了，真窝火！"

小四的说："面疙瘩揪儿是吃不成了，兴奎你说咱们上哪儿去玩吧。"

兴奎绞尽脑汁也没想出去哪里玩儿，这时耳边一阵"噢啊——噢啊"的驴叫声，把我们吓了一跳。一头黑身白肚尖耳竖立的毛驴子拉着车，正撅着嘴，龇着牙，瞪着眼，冲着我们叫。它叫完哗哗地撒了一大泡尿，雪地被尿流打出了一个黑洞，呼呼地向上冒着热气。接着驴又往屁股后的粪兜里噗嗒噗嗒拉了几个粪蛋，然后朝着我们仰着脖"噢啊——噢啊"地又吼了两嗓子。

这驴不是别人的，正是毛驴子他家的。毛驴子笑话我们已经够让人恼火的了，现在他养的驴也在龇着牙嘲笑我们，这口气实在是咽不下去了。

兴奎急眼了，捡了块石头就要打驴。小龙见状一把拦下，笑嘻嘻说："别打啊！别让毛驴子给你赖着。兴奎你胆子大，敢不敢把毛驴车赶走，拉着我们转上一圈。"

小龙这个主意确实不错，毛驴子他刚开始压冷面，估计一时半会儿的也不会出来。要是真能把他的毛驴车给赶跑了，肯定是又好玩又刺激，还能解恨。

兴奎说："有什么不敢的！马车、牛车我不敢说，这个小小的毛驴子车有什么不敢赶的？我敢赶，你们敢坐不？你们不坐我赶着还有什么意思？"

兴奎说得对呀，他自己赶空车我们不坐有什么意思？要说是在春、夏、秋天，大家还真不一定敢坐兴奎赶的车，驴跑在土道上越跑越快，弄不好就下不来了。现在是大冬天，道上有冰雪，道边有雪堆，路滑驴也跑不快。要是跑快了停不住车，蹦道边的雪堆里也没什么大事。

小龙说："有什么不敢坐的，上车得了。都别磨叽了，一会儿毛驴子出来了就玩不成了。"

他第一个带头上了车坐在车板铺的麻袋片上，大家一看小龙都上车坐上了还等什么，一个个争先恐后也跟着爬上了车。

这下子该看兴奎的表演了，要说人家兴奎你不服都不行，除了学习就没见他怕过什么。他学什么像什么，有模有样的，

上山的兔子，下山的猪

还真就是那么回事儿。

兴奎见我们都上车坐稳了，从电线杆上解下拴驴的绳子，拿起赶车的小鞭子打了下毛驴的屁股，拽着缰绳对驴下了口令"嘚儿！嘚儿！嘚儿！……"

赶马车、牛车、驴车，有专门的口令，听车把式在赶车的时候，经常喊的四句话是"嘚，驾，喔，吁。"大概的意思是：嘚，车起步开始前进；驾，加把劲儿快跑；喔，拐弯；吁，停车。

兴奎又打了鞭驴屁股，又连着喊了几声口令，猛拽缰绳，可驴就是歪着脖子不肯挪窝，这给他急得满头大汗不知道该如何是好。

小龙坐在车上说："我听我叔说过'驴欺生'，不熟悉的人赶不走它。越是硬拽它越是不走，得顺着它毛捋，它才能听你的话。兴奎，不行的话，你就捋一捋它的毛试一试吧！"

面对这头肉满膘肥、油光铮亮、倔头倔尾的毛驴子，兴奎只好听了小龙给的建议，试着用手摸了摸驴头和耳朵。见驴没有反感，它又顺着驴的后脊梁捋了捋毛。

说来也是神奇，刚才还倔强不动的毛驴子，被兴奎的小手这一摸，心情似乎大好，眨着眼睛哈着气，一下子变得温顺起来。兴奎一看有门，用鞭子把儿又给驴挠了挠痒，轻牵着缰绳喊了声"嘚儿！"就听车轱辘压着雪地"吱咯"一声响，它奇迹般的向前滚动了起来。这下，毛驴终于慢慢悠悠地走了。

兴奎赶紧跳上车，斜坐在赶车的位置上，挥舞着鞭子，嘴

里不停地喊着："嗻儿！驾！嗻儿！驾！"

车子行驶在路上，毛驴的蹄子镶有铁掌，踏在冰雪路面"嘎达，嘎达"地响，一串驴蹄印和两个车轱辘印留在了身后。大家坐在晃晃悠悠的毛驴车上，心也跟着晃晃悠悠着，就甭提有多美了！天虽寒冷，却也挡不住我们"作祸"的热情。

"兴奎啊！给我赶两下玩呗？"

"小四的，你可拉倒吧！你手不行，别把车赶沟里去！"

"兴奎，车走得有点慢，你给赶快点儿啊！"

"好嘞！世德，你们就瞧好吧！大家坐稳了啊！"

"驾！驾！驾！"

兴奎用鞭子把儿打了两下驴屁股，一个劲地喊着"驾"。毛驴子尥着蹄子加速了，明显比开始快了很多。只是路面有冰太滑，驴跑得也不是很快。不知不觉车就跑到了加油站门前，机器房到加油站少说也得有八百多米远的路，我们还没觉得过瘾这都跑出这么远了。

"不能再往前赶了，车跑远了赶不回去可就麻烦了，坐好了别动啊，我要停车挑头了。"兴奎说完拽着缰绳忙喊："吁！吁！吁！"车子渐渐地停了下来。兴奎跳下车拽着右侧的缰绳又喊："喔！喔！喔！"毛驴向右侧转着身子，带着车一起转回了头。

"嗻儿！驾！"毛驴车又前进在道路上，兴奎赶车赶得是洋洋得意，我们坐车坐得是喜气洋洋。面疙瘩揪儿虽然没吃好，

上山的兔子，下山的猪

这毛驴车倒是玩得不亦乐乎啊！毛驴子啊毛驴子，吃不到你的面疙瘩揪儿，还玩不了你的毛驴车吗？

大家玩在兴头上，小四的更是兴奋得不得了。他眨了眨小眼睛，撇了撇小嘴儿，清了清喉咙，扯着嗓子高唱了起来：

"兴奎赶大车，给我捎点啥？面包汽水装了一大车！"

"哈哈哈……"

"小四的，你就知道让兴奎给你捎吃的啊！"

"小四的，你让兴奎别光捎吃的，捎点小鞭小炮这些玩的啊！"

"小四的，你这是跟谁学的，还一套一套的！"

"小鞭我兜里就有，捎小鞭干什么，放个响儿就没了，还是捎点吃的实惠。"

小四的这就从兜里摸出几个小鞭，放在手心里显摆着让我们看。

兴奎听小四的喊了一套嗑，想了一想，忍不住回着也喊了起来。

"毛驴车，跑得快！上面坐了个小四的，要五毛，给一块，你说奇怪不奇怪！"

"哈哈哈……"

又是一阵欢快的笑声，荡漾在小小的毛驴车上。

小四的意犹未尽地说："兴奎啊！车还是跑得太慢了，不过瘾啊！赶回去就没得玩了，你给来个刺激的吧！"

　　"等着啊！我打个响鞭，驴肯定能跑得快！"

　　兴奎高高扬起鞭子，猛地一抖手腕，本想学着车把式甩出"啪"的一声脆响，可是他连甩了三鞭子也没见个响，有一鞭子还差点儿把鞭稍甩到脸上。兴奎不敢再甩了，要知道那鞭稍要是真打到脸上，准得打出一道火辣辣的血印子。

　　小四的见兴奎打不响鞭子，干着急也帮不上忙，再看看手里的几个小鞭这就有了主意。

　　"兴奎啊！你别甩鞭子了，我的小鞭要比你的鞭子响。看我小四的助你一臂之力！"

　　小四的说完，便急不可耐地掏出火柴，点燃了一个小鞭。眼见着捻儿就要着到底，小四的往驴头方向一扔，就听得"啪"的一声响，小鞭炸开了膛，红红的纸屑飞落在白雪地上，一股硝烟的味道迎面而来。

　　鞭子打出的响声和小鞭崩出的响声本来没什么区别，可是鞭子打响儿是在驴的屁股上面，小四的这个小鞭崩在驴头的耳朵上，这样一来的效果可就不一样了。

　　驴"嗷啊！"一嗓子，猛地尥起了四只蹄子，"嘎哒！哒！哒！哒！"地飞奔了起来，冰雪的路面虽不见尘土飞扬，但见雪沫四溅。我们等着驴儿快跑好好地过过瘾，谁曾想到驴突然一个暴力加速，差点儿把人甩下车去。本来玩得乐乐呵呵，有说有唱的，骤然间欢快的气氛一下子变得凝重起来，继而就是无限的恐惧。

上山的兔子，下山的猪

兴奎大声喊道："不好！驴毛了！拽不住了！"

大家吓得死死地抓住车板，上车容易下车难，一脸惊慌不知道该怎么办。车子颠簸着像飞了一样，驴蹄子在路上的冰雪上左右打滑，车子随着驴的扭动忽左忽右摇摆不定，真是吓死个人啊！

"兴奎！怎么办啊！驴毛啦！车要翻啦！"小四的吓得哭拖着哭腔喊兴奎。

"驴毛了大人都整不住，我能怎么办？赶紧跳车吧！"

这时，路边的一户人家的老大娘拎着一土篮炉灰，正准备去大地边倒。一看见飞奔的驴车，给她吓得扔下篮子就跑了回去。

路边是一片空旷的大地，附近的住户都把从自家院里清出来的雪堆在道边，堆成一个个像蒙古包一样的大雪堆。驴几次打滑已经跑在了路边上。兴奎脑子活反应快，指着前面的一个大雪堆对我们喊："跳车！跳车！再不跳就等着翻车摔死吧！"

兴奎说得对啊，再不跳驴车翻了可就完了啊！就是驴车不翻，让毛驴子那家伙给抓到了也没什么好果子吃。大家眼盯着车前的大雪堆仿佛看到了希望，紧挪着身子移向了车边。

车子刚跑到雪堆旁，兴奎从赶车的位置第一个跳到了雪堆上。大家就跟跳水似的，一个个奋不顾身，争分夺秒地纷纷跳进雪堆。就听得"噗！噗！噗！……""哎呀！妈呀！哎哟！……"跳进雪堆的声音夹杂着人的喊声乱作了一团。

听评书里说古人打仗那是先下手为强，后下手遭殃。可这跳雪堆就不是那么回事了，结果是截然相反的，先跳的可就遭

了殃，后跳的反倒占了便宜。为什么这么说呢？兴奎从车前第一个跳的，他最先扑进了雪堆里；小四的在他身后一跃而起这就压在了他身上；接着又是坐在小四的身后的球子又跳到了小四的身上。小龙、世德，还有我紧随其后，挂边不挂边的也跳在了他们旁边。

　　这样一来，最倒霉的就是兴奎，他刚跳到雪堆里还没来得及喘口气，就被我们瞬间压进了雪里，他身子埋在雪堆里噭噭直叫唤。

　　大家从雪堆里爬了起来，一个个狼狈不堪满身是雪跟雪人一样。特别是兴奎被压在雪堆里根本就爬不起来，还是大家伸手帮着给拽出来的。

　　"小四的，你往哪儿跳不好，非得往我身上跳，压死我了！哎哟！哎哟！你看看我脖子里、棉帽子里全都是雪，你压得我腰都疼。"兴奎一手捂着腰，一手扒拉着脖子里的雪。

　　"兴奎啊！这也不怪我，我没想着往你身上跳，我选了块儿空地跳的，也不知道怎么的就跳你身上了，真不是故意的，球子还跳我身上了呢！"小四的上前给兴奎扑打身上的雪。

　　球子倒着棉帽子里的雪说："兴奎，小四的说得对，车子在运动，跳不准这也不能怪他。"

　　跳进软绵绵的雪堆里，除了弄了一身雪，大家也没什么事儿。再看看毛驴车，就在我们从雪堆里往外爬的工夫已经跑回去了，正老老实实地停在电线杆旁边。

上山的兔子，下山的猪

　　兴奎见埋怨小四的跳他身上没道理，就又开始埋怨小四的瞎放小鞭把驴给惹毛了，差点儿就把大家给害了。小四的态度好，笑嘻嘻地不是给兴奎拍身上的雪就是给他揉腰。

　　驴自己跑回去了，倒是省的往回赶了，相安无事一场虚惊。那就赶紧跑吧，别让毛驴子知道是我们偷赶了他的毛驴车。大家正要绕道回去，兴奎突然想起了什么，他走到雪堆前把赶驴的鞭子从雪中扒了出来。大家一看鞭子就明白是怎么回事了，兴奎在跳车的时候慌乱中把鞭子一起带上了。鞭子得给送回去啊！可是让谁去送呢？

　　当然是谁惹的祸谁去送，大家的目光齐刷刷地射在了小四的身上。小四的心领神会，也是推辞不过，无可奈何地从兴奎手中接过鞭子。在大家不停地催促下，他拿着鞭子战战兢兢地向毛驴车走去……

二十四　沙溜子

八十年代读小学的时候，打架对于我们这些正作得欢实的孩子来说几乎是家常便饭。每个村队的各片儿都有自己的孩子王，什么胜利片的、民主片的、禹山片的……每个片的孩子王也并非是浪得虚名，那都是用拳头打出来的，总有着过人之处。

那个时候以大欺小是很少见的，这样做脸上无光会被人瞧不起。物以类聚，人以群分，能玩到一起的孩子在年龄上也是不差上下。当然也有个别的奇葩另类，仿佛专门以欺负比他小的孩子为己任，不但不以这为耻，反而以此为荣。

我家附近就有这么一个臭名昭著、恬不知耻的家伙，他的年龄要比我大上个八九岁，听说他小学五年级还没读完就不念了。每天他无所事事一副贼眉鼠眼的样儿到处溜达，遇到鸡就偷鸡，遇到狗就偷狗，反正是能入得他眼里的东西肯定是没个好。

这家伙二十来岁的时候，看上去就像十四五岁的初中生一样。按老人的话讲就是：他不但没长开不说，还长得咧歪了！

特别是他走起路来鬼鬼祟祟、溜溜达达的，就跟江边一种叫沙溜子的鸟一样。也不知道谁给他起了个外号就叫沙溜子，久而久之沙溜子就成了他的名字，就连他的父母也管他叫沙溜子了。

要说沙溜子是个另类还算是给他好评了，说他是个变态都一点儿也不过分。当我们还是五年级小学生的时候，他已经有二十岁了，完全是个应该娶媳妇生孩子过日子的大人了。可他一天天也没个正事儿，不是溜达着偷东摸西，就是琢磨着怎么欺负我们这么大小的孩子玩儿。

每天一到放学的点儿，沙溜子没准就堵在哪个道口。他不是抢我们身上的钱，就是让我们挺胸抬头立正列队站好，伸出他那肮脏罪恶的手指头，挨个给我们弹脑瓜崩，不弹哭一两个人他都不算完。

那时候学校放学的铃声一响，我和小伙伴们就连猜带算琢磨着沙溜子会堵在哪个道口，我们走哪条道才能躲过这个瘟神。沙溜每天无所事事，像个幽灵似的瞎溜达，他出现在哪一个道口都有可能。再说他在暗处，我们在明处：他有可能从胡同口的拐弯处蹦出来，也有可能从大道边的厕所里钻出来，还有可能从荷花泡边的凉亭上跳下来……可以说是防不胜防，每天走哪条道是安全的谁也不知道，能否逃避沙溜子的魔掌也只能靠撞大运了。

对付沙溜子也没什么好办法，从家长到学校，再从学校到派出所。家里的大人不敢对沙溜子怎么地。就他那个熊样儿，谁要是动手打了他，准会被他讹上，放言养他一辈子。学校就更别提了，有的老师见到他还躲着走呢！派出所也白搭，因为他偷鸡摸狗的事儿，来来回回都快把派出所的门槛给踏平了，他是一路走来也没怎么地。后来有人给了沙溜子一个准确的定位：他就是一块滚刀肉，大错不犯，小错不断，公安常抓，法院难判。事已至此，对于沙溜子的迫害，我们也只能是忍气吞声，听天由命了。

大家也曾经想过反抗，可是这个办法也是行不通。你想一想，放学时一般都是四五个要好的同学在一起走。就像现在打网络游戏一样，好比是四五个十级出头的小号，突然遇到了一个二十多级的大 BOSS，论攻击，论防御，论体力；论级别，论装备，论手法，那都不是一个档次的。所以说反抗也是徒劳的，那就是飞蛾扑火般的等着灭团。

有福共享，有难同当，还好有兴奎他们几个和我一起担当。当沙溜子欺负我们时，有他们陪着我一起受难，似乎也就不那么痛苦了。大家都是这种鸵鸟心态，既然反抗不了，也享受不着，那么大家就共同分摊下吧。

这天中午放学，我和兴奎、世德、小龙又走在了一起。最近一个星期以来，我们几个也是比较幸运，一次也没被沙溜子给堵到。这让几乎是天天被堵的林小军嫉妒得有些发狂，死活非要跟着我们一起走。

说起这个林小军本来比我们高一年级，不知道是因为身体

上山的兔子，下山的猪

原因，还是学习原因，还是喜欢我们班花的原因，莫名其妙地就降了一年级来到我们班。本来大家就不怎么熟悉，他最近点儿又那么背总能遇见沙溜子，我们是不想和他一起走的。可他死皮赖脸地买冰棍请我们吃，于是就把他也给带上了。

放学后有四条道可走，一条是荷花泡边的林荫道，一条是运木材的铁道，一条是胡同小道，还有一条是柏油大道。虽说"条条大路通罗马，条条小道通我家"，但在这个时候，选择一条畅通无阻的道路显得尤为重要。人算不如天算，天算不如不算，整天算计着沙溜子会出现在哪条道上，这让我们挠头抓耳心力交瘁，怎么算也算不出正确的答案。你见，或者不见，沙溜子就在那里，不依不饶；你念，或者不念，沙溜子还在那里，不离不弃。

虽说我们算不出沙溜子会在哪条道上出现，但是放学后站在校门口望着四条回家的路时，心中总是一片茫然困惑。几个人在一起走，意见难免会出现分歧，兴奎要走大道，世德要走铁道，小龙要走荷花泡，我还想走小胡同。这个时候听谁的都有道理，听谁的也没道理，只有走过去才知道对错。众口难调，意见不一，那就得想个办法来解决。

按民主，少数服从多数举手表决的方法行不通，有时候四个人一起走，打平手了怎么办？还是摸纸团抓阄的老方法简单可行，在四张纸条上写上四条道路的名称揉成团装裤兜里，大家轮着来，每天放学指定一个人摸，摸到哪条道就走哪条道，

二十四　沙溜子

至于碰不碰上沙溜子谁也说不出埋怨，这可是命中注定的事儿。按这个方法实行了一阵子便舍弃了，天天撕作业本写纸条的既浪费又麻烦。后来又实行抽铅笔，拿四根铅笔，在每根铅笔一头的橡皮上写上1、2、3、4代表着四条道，抽了两天也是舍弃了，天天携带四根长铅笔也不方便。

最后还是兴奎有办法，他家有副麻将，麻将里有两颗色子。他偷拿了一颗揣在兜里，我们就掷色子来选道。色子有六个面，每面都有不同的点，掷到五点和六点轮空重新再来，直到掷出前四点中的任何一点为止，按点数走相应的道路。这种方法既有传统特色又好玩有趣，操作简单，携带方便，实用性强，关键是用色子选道选得好啊，大家这段日子没被沙溜子堵到全是依靠着这颗神奇的色子了。

林小军看我们要掷色子选道，觉得又新鲜又好奇又好玩儿，嘚嘚瑟瑟非要他来掷。是福不是祸，是祸躲不过，要说那天该言中了就得出事儿。本来轮到世德掷色子，林小军要掷谁也不同意，他的运气潮得发霉，连着一周让沙溜子给堵了个大满贯，这都打破全校男生连续被堵的记录了！世德一手拿着一根林小军给买的冰棍儿，左一口右一口地吃得正美，实在是腾不出手来掷色子，这就让林小军钻了空子有了机会。

就见林小军从兴奎的裤兜中摸出了色子仔细看了一番，然后放在左手心里再用右手捂好，舞动双臂摇晃不停。也不知道他从哪里学来的，嘴里还念念有词地说："天灵灵，地灵灵，

上山的兔子，下山的猪

太上老君快显灵，开！"然后就把色子扔到了地上。色子在地上转了几圈停了下来，大家低头一看是两点，得！走运木材的铁道吧。

要说林小军的运气真是背透了，虽然大家跟着他刚吃过冰棍，但是马上又吃了苍蝇。色子上的四个点可以选道，一、三、四点他不掷，偏偏扔出个"两点"，这不就是引着大家走在一条"二"的路上吗？刚走到运木材的铁道边，沙溜子那有如外星人般的身子就闪了出来。大家都怨愤地瞅着林小军，无奈地列好队等着沙溜子的酷刑——弹脑瓜崩。

沙溜子看我们表现不错，这都列好队候着了，心情大好。只是我们没按大小个列队，看上去波浪起伏不算正规。沙溜子让我们重新按大小个列队，然后就拿出他的杀手锏——弹脑瓜崩开始动刑，我和兴奎、世德、小龙一人被他弹了五六个就给放行了。

轮到了林小军，他惴惴不安地说："沙溜子哥，你看你天天弹我，我这都一头的包了。今天能不能不弹我脑瓜崩了，放了我行不？"

沙溜子眼珠子一转说："行！今天我就不弹你脑瓜崩了，脱裤子，我弹弹你的小鸟！"

林小军"啊"的一声就傻了眼了，吓得双腿紧夹，双手护裆。

沙溜子又说："赶紧的！你要等我动手了，我打你个鼻孔蹿血，满地找牙，你还少不了被弹。"

二十四　沙溜子

　　林小军憋屈而又无奈地脱下了裤子，眼神一直偷瞄着我们求救。我们哪敢接这个茬啊，那不是找不自在吗？一个个扭头回避只当没看到。

　　沙溜子一脸坏笑不慌不忙地把魔爪伸向了林小军的裤裆，"啪"地弹了一下。

　　林小军"哎呀"一声，疼得他龇牙咧嘴地双手死死捂住裤裆，哀求着说："别弹了，别弹了，疼死我啦！"

　　沙溜子哪肯善罢甘休，哪能这样轻易放过林小军，他越见林小军痛苦他就越兴奋。他让林小军放开双手，老老实实地接着让他弹，林小军本能地护住裤裆躲闪。沙溜子生气了，一个饿虎扑食把林小军压在身下，摊开双手左右开弓，"啪！啪！啪！……"一连弹了七八下才算完。

　　林小军不堪凌辱与疼痛，"哇"的一声就哭了，憋屈的泪水顺着眼角流成了线。他慌慌忙忙地提上了裤子，头也不回就往家跑。我们一看这个情况，也是撒腿拼了命地逃跑，空旷的铁道边只留下沙溜子淫荡而又满足的大笑声。

　　好事不出门，恶事传千里。林小军小鸟被弹的事儿不到一下午的时间就在学校里男生间传开了，那是闻者吓尿，听者恐慌。沙溜子越来越邪恶了，弹脑瓜崩都升级成弹小鸟了，真是要命啊！今天他弹的是林小军，明天说不准就是你，后天说不准就是我，大后天说不准就是他……长此以往谁也跑不了。

　　下午上劳动课拔学校房后菜地草的时候，兴奎把我们几个叫到一块又开始商量怎么对付沙溜子。

兴奎叹着气说："好赖不说，我也是我家那片的孩子王，这一天天的都让沙溜子给欺负成什么样了，窝囊死了！再这样下去，我家附近的那帮小孩也看不起我了。以前挨脑瓜崩还能挺住，现在改弹小鸟了谁能受得了？刚才和林小军一起上厕所，他的小鸟都被沙溜子给弹肿了，都快尿不出尿了！"

"真尿不出尿了？"

"完啦！这次可是倒大霉了！"

"兴奎，你说咱怎么办，听你的！"

兴奎喊来林小军，让他给大家讲讲被沙溜子弹完小鸟后是啥滋味，林小军痛不欲生，一把鼻涕一把泪地哭诉着，"沙溜子他不是人，这不是人遭的罪啊！……"

兴奎咬了咬牙说："大家都看到了，也听林小军是怎么说的了，不想再遇难的就跟着我一起干吧。趁着沙溜子还没弹咱们小鸟，还不如先下手为强，组织全班男生一起干他。只要大家心齐，一次就给他打老实了，让他以后看见咱们躲着咱走。"

大家一想，是死是活的也就这个办法了，总不能接林小军的班，再继续走他的路吧。说干就干，我们几个分头拉拢其他同学入伙。有了兴奎的带头号召，加上林小军现身说事的典型案例，这次全班二十多个男生竟然出奇地达成了一致，紧紧地抱成了一团。

赤手空拳是打不过沙溜子的，就我们那小拳头只能给他挠痒痒。工欲善其事，必先利其器。这是一场大型战役必须得有称手的兵器，下了劳动课大家就开始四处物色。学校旁胜利五队的大地边有几捆腊木架棍，是准备用来架黄瓜和豆角用的。架棍能有两米来长，大人的拇指般粗细，质地非常坚硬，关键是还打不坏人。大家一看这东西就是为我们量身订造的，拿着称心，用着舒适，正好用来打架。得！一人偷一根打架用吧！

大家计划着先让几个二年级的小弟弟放学先走去趟趟道儿，谁看到沙溜子堵在哪条道上就跑回来报信。然后我们再分头包抄，誓将沙溜子一举歼灭。一切都安排好了，同学热情高涨，对这次战役充满了信心，就等着放学去找沙溜子报仇雪恨了。

终于等到了放学，老师走后，大家把藏好的腊木棍拿了出来，纷纷挥舞着热热身，很快进入了临战状态。二年级的小弟弟也不负众望，很快就有消息传来，沙溜子堵在胡同口的小道上。按计划行事，大家兵分两路各自从胡同东西两个入口进去，找沙溜子算账。

东西两队人马配合默契，两下子就把沙溜子夹在了胡同里，沙溜子一看曾被他欺负过的人拿着家伙来了就知道不好，抬脚从胡同边一户人家的木栅栏上踹下块木板，抢起来就跟我们打。有句话说得好，一寸长一寸强。大家拿着长木棍一个劲地捅沙溜子，他拿了块短木板根本就近不得我们身。况且我们人多，他双拳难敌四手，是背腹受敌，顾得了头又顾不了腚，没几下子就被我们打得扔下了手中的木板，双手死死地护着头，"哎哟，哎哟"地直叫。

林小军瞅准了机会，猛地一棍子捅在了沙溜子的裤裆上。沙溜子一声惨叫倒在了地上，疼得他满地打着滚儿，嘴里不停地喊："别打了！我服了！我不敢了！"

此时的沙溜子就是过街老鼠人人喊打！大家早已打红了眼，耳朵里怎能听进他那几句求饶的话？再说他的话谁又能相信呢？棍子还是像雨点一般噼里啪啦地落在了他的身上。大家正打得过瘾，一股臭烘烘的气味从沙溜子身上散发出来。

开始大家以为沙溜子不禁打拉裤裆了，后来才弄明白是林小军干的好事。他拿棍子捅了沙溜子的裤裆还不解气，又把棍子插进胡同旁的一个猪粪坑里一搅，棍子头上沾满了奇臭无比的粪汤，毫不吝惜地也都赐给了沙溜子。老坑里的猪粪尿经过日光照射和长期发酵，气味的杀伤力极强，频频令人作呕。看着沙溜子身上左一片右一摊的猪粪汤，弄得大家也没了心情再继续了。兴奎带头一哄而散，沙溜子算是捡了个便宜逃过一劫。

自从沙溜子被群殴以后，他老实了一段日子，不敢再欺负我们了。江山易改，本性难移，他偷鸡摸狗的双手始终没闲着。都说兔子不吃窝边草，沙溜子这个没心没肺又丧尽天良的坏家伙，连他大哥家的东西也不放过。他是想偷就偷想盗就盗，给他家里人气得干瞪眼也是没办法。

一次，沙溜子偷工地的电机拆铜卖又被抓了，这次他可不是从派出所里大摇大摆地走出来的，而是戴着手铐被警察押着一路绿灯地送进了监狱吃窝头去了。听大人们说，他这次涉案价值有三千多，因为数额比较大，再加上他又是个惯偷，被法院给判了三年整。

沙溜子银铛一声入了大狱，大家觉得这下子可以安安静静地过几年日子了。谁知道他蹲了还不到半年就给放出来了，原来他受不了监狱里的苦，就想了个鬼点子在外出劳改时故意摔断了一条腿，整了个保外就医又被放出来了。他断了一条腿就没法再出去偷，不出去偷他就弄不到钱，没钱他就买不了好吃好喝的。于是，他又想出了一个鬼点子，隔三差五地就写遗书喝农药，以此来吓唬他的几个哥哥要钱花。用他自己的话说，"遭点儿罪就遭点儿罪吧，只要好吃好喝有钱花就行！"

常在河边走，哪有不湿鞋的？玩火自焚的也是大有人在，沙溜子他也不例外，就在他第五次喝农药的时候，由于发现晚了而没能抢救过来。

说来也是他点儿背，他计划着晚上吓唬和他住在一起的二哥，好要钱花。中午吃饭的时候，沙溜子就问他二哥晚上几点下班回家。他二哥告诉他五点下班。他就让他二哥晚上下班哪儿都别去早点儿回家有事跟他说，谁曾想到他二哥单位晚上临时加班，回来晚了一个多小时。沙溜子他是掐着点儿喝的农药，他躺在炕上左等他二哥没回来，右等他二哥还没回来，药劲渐渐地完全发作，他眼睁睁等来的是小鬼儿和阎王。

沙溜子每次自杀都会写上一封遗书，遗书的内容倒是说出了他的心声，他这次的遗书是这样写的：

"我的一生没干过好事，是罪恶的一生；我吃香的喝辣的，也是快乐的一生。我死后一定要把我的骨灰撒鸭绿江里，千万别把我给埋在后山的坟茔地里。我知道埋那里也是白埋，根本就不会有人给我上坟烧纸。我的一生没什么遗憾的，这一辈子活得也算是值了。"

当然，遗书的原文有一多半是错别字加拼音，有人给翻译过来，差不多也就是这个意思吧。

二十五　放冰排

东北地区到了寒冷的冬季，孩子们也不会因为无所事事而老老实实地窝在家里取暖。他们经常跑到窗户外的冰天雪地里玩得更加疯狂。

放爬犁，划拐子，打陀螺，从早玩到黑，常常是哈着寒气玩，高兴得连午饭都忘了回家吃。在冰雪里摸爬滚打了一天，棉袄棉裤连汗带雪冻得硬邦邦，就像是古时候的盔甲一样。回到家就得把衣服脱下来，放在热热乎乎的火炕上烘，看着一丝一缕热气从棉衣棉裤里冒出来那也是一种享受。

都作成了这样，少不了父母的一顿胖揍，嘴里哭喊着求饶"不敢了！再也不敢了！"可是贪玩的我是善于健忘的，一觉睡到大天亮，再从炕上爬起来的时候，父母的教诲早已忘了个一干二净。依旧是我行我素地拖着爬犁，拎着拐子，再出去疯玩上一天；等到再回家的时候，父母准是手里握着笤帚疙瘩在候着你，接下来再给你舒舒皮子伺候一番。如此这般，父母看我是死性不改，打上个三五回也是没招地默许了。

上山的兔子，下山的猪

男孩子长到十二三岁的时候，放爬犁、划拐子就显得有点跟不上时代的潮流了，感觉这些就是大鼻涕的小孩子才玩的东西，不免有点儿太小儿科了。半大的小子应该玩点儿更新鲜、更刺激、更惊险的科目。思来想去，当然是放冰排更适合我们来玩儿。

自从鸭绿江上修了水电站以后，水位因发电会出现涨落的情况，因此水也就不会封冻住江面。但江水岸边会冻出三十多公分厚的冰层，这就给我们放冰排玩提供了天然资源和场所。

什么是放冰排？顾名思义，跟放木排是一个道理，只不过放的对象和性质不同罢了。放木排是利用流动的江水运输木头，而放冰排却是毫无意义。纯属是我们这些小孩吃饱了撑的，闲着没事穷乐呵放着玩。

放冰排很简单，但是也得注意技巧。用斧子先砍下几平方米到几十平方米的一块冰，然后人站在上面顺着江水向下游漂流。放冰排的时候，既要躲避水里的礁石，还要保持冰排的平衡，更要注意安全别掉进江水里，最后能鞋不沾水地上了岸才是关键所在。

一路上靠近岸边的冰大部分都很薄，根本就擎不住人。靠近岸边的大石头也特别多，冰排撞上去就会变得稀碎。只有几处冰厚还没有大石头的地方适合上岸，错过了这些上岸的地点，你只能跳进冰冷的江水里游上岸了。

说起游泳并不是什么难事，江边长大的孩子有谁不会？但是在冬天里因为放冰排去游泳，可就不是那么回事了。你可不是穿着小裤衩去冬泳，那样游着也算是舒服。你想，穿着棉袄棉裤，戴着手套棉帽，在冰冷刺骨的江水里扑腾上几下，那是什么滋味？即使是身子不沾水，穿着棉鞋的双脚掉进了江水里，那滋味也不是什么好受的，连想一想心里都冷飕飕地在发抖。

最好的方法是用划冰排的长木棒撑竿跳上岸，放冰排最大的乐趣就是希望自己平安着陆，然后笑看着你的伙伴，期待着他们各种落水你好捡乐子。当然笑话别人的同时，自己也得随时做好被别人笑话的准备——常在江边溜，哪有不湿鞋的。不管是你笑话你的同伴，还是你的同伴笑话你，总而言之，都是一件开心快乐的事情。

差不多每天放冰排都有落水的倒霉蛋儿，落水的方式也是五花八门。有冰滑没站稳滑进水里的，有棒子没撑好掉水里的，有力量没掌握好跳水里的，还有更蹊跷方式落水的。我曾见过一个邻家小孩，撑杆上岸跳到一半时棒子卡在了石头缝里不能动弹，那家伙就跟猴子爬杆一样挂在了水中的木棒子上。他前进无动力，后退没有路，叫天天不应，叫地地不灵。大家想伸把手也是鞭长莫及爱莫能助，他只能老老实实地挂在杆子上当猴子给大家观看。最后连冻加怕的实在是支撑不住了，就滑进了江水里。

要说最有意思的还是放百八十平方米的大冰排，这个需要十几个人的团队力量才能完成。大家得齐心协力地控制冰排的航向，避免碰撞上江水里的大石头。记得有次我们十一个人放了一个一百多平方米的大冰排，最后成功上岸的只有一个人，还是因为冰排刚走出去没多远，这家伙胆子小瞅准机会跳上岸当了逃兵。剩下我们这些英勇胆大的谁也未曾幸免，冰排一路上渐渐破碎慢慢缩小，我们这队人马也是一一落水。

放冰排不但刺激好玩，往往还会有意外的收获。当你用斧头砍开冰层，常常会发现冰层下的浅水里窝着鱼群。什么鲤鱼，鲫鱼、白漂鱼、柳根鱼的，运气好一下子能抓个十几二十斤。这时候谁还有心思去放冰排，赶紧抓鱼才是正事——冰排下的鱼肉嫩味鲜，那可是绝好东西啊！

这年又到了放冰排的季节，我和小伙伴们当然不会错过，约好了上午到我家集合，一起扛着斧头铁钎子来到了江码头下面的湾子。这个地方水稳冰也冻得厚，正是选取冰排的绝佳地点。

要说砍冰排这可是个重体力活儿，小四的他是心有余而力不足，这活儿还得球子来干。球子是我们这群小伙伴中长得最壮实的一个。他膀大腰圆，体壮如牛，有着一身的蛮力气。虽然他天生胆小不善打架，但是干起活儿来绝对是把好手。

只见球子脱下棉袄穿着薄毛衣，闷着头抡起板斧照着冰面"咣咣咣"地就砍了下去，冰面"咔"的一声脆响裂开了一块两米长的冰排。小四的滴溜着小眼一看，嘴里直夸球子这活儿干得漂亮，心想：这冰排多一点儿则太长，小一点儿又太短，不大不小，好像是给我小四的准备的。小四的拎着木棒"嗷"一声跳了上去，这就在湾子里嘚嘚瑟瑟地划开了。

　　这样大小的冰排，也就能擎住小四的那五十来斤的小体格，要是换了我们中任何一个，没划上两步远就得被渗上来的江水把鞋子湿透。看小四的在湾子里划来划去玩得很是过瘾，我们一个个干看着直眼馋。

　　兴奎说："球子，你砍一块特大号的冰排，咱们一起玩多好，那该有多刺激！"

　　球子说："你就等着看好吧，马上就妥活儿！"

　　球子拖着板斧先在冰面上划出一个大冰排，然后在冰面上按照画的印砍出一条冰沟。他指挥我们站到靠水的一面去蹦跳颤冰，他继续用斧子在砍出的冰沟上一顿猛砍，世德拿铁钳子帮着一顿狠镩。只听"咔嚓，咔吧"的两声响，完好的一大块冰排就断裂了下来。

　　小四的一看有大冰排玩了，两下把他那小冰排划到了岸边蹦下岸来，跟着我们欢呼雀跃地跳上大冰排。大家正准备划冰排进江过瘾，兴奎看看冰下的江水，突然大喊："停！赶紧停！快拿铁钎子过来！"

　　小四的又跳下冰排屁颠屁颠地跑去扛铁钎子，我们围过去一看，好家伙，一条三四斤重的大江鲤子正静静地趴在水下。兴奎拿着铁钎子慢慢地靠近鲤鱼，钎尖对准鲤鱼猛然发力刺去，我们瞪着眼睛，心在一瞬间提到嗓子眼，就听"咔"的一声，

上山的兔子，下山的猪

钎子入水碰到了石头上。

兴奎洋洋得意地抬起了铁钎子，钎尖上不负众望地挑着这条大鲤鱼。他催促着对我们说："快找个袋子把鱼装上，千万别让人给看到了，要不咱们就没得抓了。还有几条小的跑岸边的冰下面去了，去三的家拿抄网和挂网再来抓。咱们今天肯定能抓好多呢！"

小四的在江边划拉了一个破袋子装上鱼拎在手里，大家拿着破冰的家什鬼鬼祟祟地往回走。我家的网都放在我五叔家的仓房里，我们拿着鲤鱼直接就去了我五叔家。

我五叔一看大鲤鱼，乐呵呵地说："你们别着急抓鱼，我先把鱼炖了给你们吃，吃了饭有劲了才好再去抓。那一大片冰面没三五个钟头的也抓不完。"

品着鲜美的鸭绿江鲤鱼，一人吃了两碗大米干饭。饭后大家拿着挂网、抄网、水桶、斧头、铁钎子又杀回了江湾。先用挂网把湾子截腰拦住，然后一点点地用斧头和铁钎子破冰缩小冰的面积，看到鱼就用抄网捞，天寒水凉鱼游得很慢，捞起来也不费什么力气。但有时鱼多就会炸窝地乱跑，那也没什么关系——有挂子网拦着，跑走的基本上也是撞在了挂子网上。

大家各有分工，这鱼抓得是热火朝天。我、兴奎、世德各拿一个抄网捞鱼；小四的和球子一个拿着铁钎子，一个拿着板斧干破冰的活儿；三的拎着水桶装鱼。

小四的喜欢和兴奎合作，兴奎说"砸冰"，小四的就上下

舞动着铁钎子镩冰。说"停！"小四的立马就停手。正抓得起劲呢，球子一斧子下去，冰面一下子迸开了一道大长缝。我们几个捞鱼的都站在上面，吓得纷纷蹦上了岸。

巧的是兴奎这时候看见了条大鲤鱼正往冰底下钻，想用抄网捞还捞不着，给他急得猫着腰死盯着鱼，大喊："小四的，砸冰！快砸冰！大鲤子！大鲤子！"小四的闻声得令，头不抬眼不闭地站在兴奎身后，"咣咣咣"地猛劲儿镩着冰。兴奎的注意力全集中在水里的鱼上，小四的的注意力全集中在脚下的冰上，就听得"咔嚓"一声冰断裂开了，"扑通"又是一声——兴奎掉江里了。

还好靠近岸边水不怎么深，兴奎连扑腾带爬地自己就上来了。他的浑身上下已经湿透，自然是不能接着抓鱼，只好先回我家焐热炕头去了。

虽然少了一员大将，但是我们的抓鱼大业还得继续。要知道越到岸边鱼就越多，千载难逢的好机会，不能就这样白白错过啊！

小四的见自己惹了祸这会儿也老实了，也不敢拿铁钎子镩冰了。想拿抄网捞鱼还没人让给他，想帮着三的拎水桶装鱼，大家怕他再把鱼给弄跑了也不同意，只好自己默默无语一脸委屈地撑着木棒边划冰排边看我们抓鱼玩。

虽然抓鱼的速度慢了，可是抓的鱼一点儿也不少。一两斤的鲤鱼，半斤多的鲫鱼，再加上白漂和柳根鱼，装了满满两水桶，又多出半个洗脸盆。

回到我家，大家就开始张罗着分鱼，早把放冰排的事儿忘在了脑后。等分鱼时，我们发现小四的没了踪影。

球子奇怪地说："小四的他没回来？我看见他一个人划着冰排先走的，还以为他回来陪兴奎了。他没回来能去哪儿？"

三的一拍大腿说："小四的这个爱吃的家伙，他不可能不等着分鱼就回自己家了！大家谁还不知道他，你想撵都撵不走他！"

兴奎捂着被子从炕头蹿起说："小四的不会是玩冰排掉江里去了吧！他要是出了事儿我可就完蛋了！他哥知道他是跟着我出来玩儿的，要是找不到他管我要人，我可赔不起啊！"

兴奎这一说真把我们吓坏了，小四的真要是掉江里出事儿了，那我们的罪过可就大了。除了兴奎没衣服穿下不了炕，其他人是一路狂奔到鸭绿江边。可是哪里有小四的的人影啊？我们嗓子都快喊破了也没见他应一声。

这时，兴奎不放心地穿着我的破毛衣毛裤和破球鞋也跟来了。我的衣服他穿着明显小很多，露着手腕脚腕和脚后跟。他嘴唇冻得发紫，哆哆嗦嗦地说："这小子不是顺着江水把冰排放到急流子那边上不来了吧？"

要知道急流子那边的水老急了，冰排放到那儿就别想出来了。还没人见过谁敢把冰排放到那里去呢，简直就是拿自己的生命开玩笑。

大家也没什么好办法，只能顺着江边往下找。大家都说生要找到小四的的人，死也要找到小四的的尸。毕竟天天在一起玩儿的，埋怨也好，嘲笑也罢，那份说不出的感情还是有的。

走了能有两里地才转过急流子，远远地就看见江中的老鳖炕上有个人影，那不是小四的还能是谁？这老鳖炕就是江中的一块大石头，因上面到处都是圆坑，形状更像是一只大老鳖，所以老百姓都叫它老鳖炕。我们走近了些，就听见小四的边哭边喊："救命！呜呜呜！救命啊！呜呜呜！"

等大家走到跟前一看，一个个地也都傻眼了。老鳖炕离岸边有二十多米远，不但水深还都是活流水。偶有结冰的地方也是薄薄的一层，哪里能站得住人啊！也是正因如此，小四的才被困在老鳖炕上下不来。

要说关键时刻还是人民子弟兵。正在我们一筹莫展不知所措的时候，来了一队巡逻的边防兵。他们看到这个情况，急忙回去取了水裤、绳子和救生圈，这才把小四的给救上了岸。

小四的心有余悸地说了事情的经过，原来他放冰排的时候手冻僵了，棒子也掉进江里没捞上来，结果居然奇迹般的漂过了急流子，又稀里糊涂地漂到了老鳖炕上。

从此以后，小四的再也不敢玩冰排了。他说："放冰排刺激倒是真刺激，过瘾也是真过瘾，要命也是真要命啊！"